だいわ文庫

おでかけアンソロジー
おさんぽ
私だけの道、見つけた。

阿川佐和子 他

JN152098

大和書房

おでかけアンソロジー

おさんぽ 私だけの道、見つけた。

目次

あいさつ　へびいちのすけ

工藤直子

くどう・なおこ
1935年台湾生まれ。詩人。コピーライターとして活躍後、詩人・童話作家に。『てつがくのライオン』で日本児童文学者協会新人賞。「あいさつ」ほか、野原の動植物たちによる詩を集めた詩集『のはらうた』は多くの子どもに愛されている。

さんぽを　しながら
ぼくは　しっぽに　よびかける
「おおい　げんきかあ」
すると　むこうの　くさむらから
しっぽが　ハキハキ　へんじをする

「げんき　ぴんぴん！」
ぼくは　あんしんして
さんぽを　つづける

なわて

角野栄子

かどの・えいこ
1935年東京生まれ。児童文学作家。大学卒業後、出版社勤務を経て24歳からブラジルに2年滞在。代表作に『魔女の宅急便』、「ちいさなおばけ」シリーズほか多数。野間児童文芸賞、国際アンデルセン賞作家賞他受賞。

引越し荷物といっしょに、鎌倉《かまくら》についたとき、空気が違うと思った。ちょっと重みのある空気なのだ。するりっと胸に入って、ゆったりとしみていく。そして空から降ってくるようにとんびの声が聞こえてきた。だれかが私に口笛を吹いているようだった。

あっ、違ったところにきたみたい。旅の途中にいるみたい。それからずっと旅をしている気持ちで、この街のあちこちをのぞいている。

夏目漱石《なつめそうせき》の「こころ」に、鎌倉の道のことが書かれている。

「ハイカラなものには長い畷《なわて》を一つ越さなければ手が届かなかった」

京都の町を車で走っていたとき、「縄手」という道路標識を見た。あっ、ここにもあった！　やっぱり、京都だもの、不思議な道があるに違いない。「縄手」。くねくねとつづく、細長い道が目にうかんでくる。でもなぜ手なのだろう。私は細い道の先は手で、さらに細い指がまさぐりながらどこかに続いているような気がした。

ある時、この縄手のことを話したら、京都出身の人から訂正が入った。「縄手」とは、昔、罪人が手を縄で縛られて刑場に連れられて行った、そんな道のことを言うのですよ。ふーんそうなのか……京都の縄手はそういうところだったのか。でも私は縄の先に手がついている、どこに通じているかわからない道だと思っていたい。その方が何か現れそうで、心が騒ぐ、ミステリー。

鎌倉にはこの縄手が今でもところどころにある。人と人がやっとすれ違うほどの細い道を縫うように歩くのは、いつもちょっぴり怖い。突然塀に突き当たったり、草ぼうぼうの無人の館に迷い込んだりする。風もこの道なりに吹き通る。風も縄手の形になるのだ。

驚くほど細い道もある。人の肩幅よりちょっと広め。こういう道では、むこうから人が来たら、体の向きを変え、山道を歩いているように挨拶をしないわけにはいかない。東京ではこんなこと滅多にないから、はじめは一拍おかないと声がでてこなかった。足元は砂利まじりの土、雨がふると、みずたまりができる。子どものころに置いてきた、懐かしい逆さまの景色を見せてくれる。

シャギリ　シャギリ　シャギリ。

奇妙な音が道の先から聞こえてきた。思わず立ち止まり、身がまえる。

ものすごいスピードで三輪車が走ってくる。半ズボンの小さな男の子が前をみつめて、ペダルをこいでいる。あわてて背中を塀に押しつけ、つま先だって避ける。男の子は速度をゆるめもしないで走り抜けると、四、五メートル進んで、きゅっと止まった。それから横を向くと、鋭い声で叫んだ。

「いぬ！　いぬ！　いぬ！」

それだけいうと、またシャギリ　シャギリ　ペダルをふんで、道の先の方に消えていった。その姿はふいっと現れた小鬼のようだった。私は男の子が叫んだところに戻って、横丁をのぞいた。すると呼び捨てにされたというのに、大きな茶色い犬がおなかを静かに動かして寝ていた。

縄手はやっぱりどこか不思議な方へのびている。

細い道を歩いていると、ちいさな生きものに目がいく。両側の塀からのびてる木の枝にかけて道いっぱいに蜘蛛《くも》の糸がかかってる。それも一定の間隔を置いて、何本もかかっている。そっちではずしたらこっち、用意おさおさ怠りない共同戦線。どこからか闘いの低い太鼓の音が響いてくるようだ。足もとの草がちいさく動く。トカゲと目が合う。なんと美しい姿をしているのだろう。ちょっとなぜさせて。でもむこうはいやらしい、するりと草陰にきえる。この夏はコンクリートの塀にしがみついてる蟬の抜け殻を幾つも拾ってきた。窓辺にずらりと並べると、宇宙のどこかでこんな乗り物に乗っている人がいるのではと思える。この土地はいつも音が響いている。ちいさな生きものの呼吸が集まって、空気を動かしているからだろうか。ここで何かを見つけるいい目をもらった。

細い道を抜けると、ぽっとお店通りにでたりする。海からの風のせいか、砂地のせいか、白い紗《しゃ》がかかったようなウィンドウのお店が静かに並ぶ。なにがなんでもお客をゲットという気配はあまりないから、気楽に入れる。骨董《こっとう》やさんが多い。格式の高そうなお店は遠慮して、私はごたごたいろいろなものが置いてあるお店が楽しい。おくのおくにちらりっとのぞいているものほど手にとって見たくなる。ひっくり返しひっくり返ししていると、不思議と気分が晴れてくる。きっと並んでいる品、それぞれが自分の物語をもっているからではないか。それをもっと聞きたくなったら、私はつい買ってしまう。

海への近道かもしれない、と私はうきうきとちいさな道にはいっていった。両側の家がとてもちかい。ここでは古いつくりの家ほど松の木が多い。ふと気がつくと、縁側からじっと私を見ている人がいる。私は歩きつづける。ところが道は突然行き止まりになり、板の塀がぴったりと行き先をふさいでいる。ふーんと鼻を鳴らして、私は戻りはじめる。するとさっき縁側から見ていた人がまだそこにいて、私を見てにやりと笑った。ふふふ、きっと戻ってくるぞと面白がっていたのだ。でも私だって、ふふふといううれしい気持ち。行き止まりのむこうの見えない世界が贈り物のように私のなかで広がっていく。

縄手が終わり、パーっと海が広がった。

座ってじっと水平線を見る。昔、三つの大海を渡って、ブラジルに行ったときのことを思う。この海はそこに続いている。そして今ここに座っている私もそこに続いている。

お日様が沈みはじめた。あのむこうでは朝が始まろうとしているのだ。

ここに出るのか

宮沢章夫

みやざわ・あきお
1956年静岡生まれ。劇作家・演出家・作家。竹中直人、いとうせいこうとのユニット「ラジカル・ガジベリビンバ・システム」で作・演出を担当後、劇団「遊園地再生事業団」を結成。2022年死去。

何年か前、東京にある世田谷パブリックシアターで舞台をやったときの話だ。

パブリックシアターは複雑な構造の建物のなかにあり、大小二つの劇場のほかに、稽古場や、作業場なども設けられ階段や廊下が入り組んでいるので、歩いていると迷路のなかにいるような気分になる。スタッフの一人と舞台について廊下で話していたとき近くにあった非常階段に続くドアが開いた。舞台に出演していただいたムーンライダーズの鈴木慶一さんがドアを半分開けた状態で姿を現した。少し顔を出し、そしてこちらを見て言ったのだった。

「ここに出るのか」

それでわかった。慶一さんはなにも考えずに歩いていたのだ。考えもなく建物の中をさまよい、廊下を進み、非常階段を降り、自分がどこにいるかわからなくなっていた。目の前にあるドアを根拠もなく開ける。なんとなく開けたのだ。するとそこは、見たことのある場所だ。思わず口にしたにちがいない。

「ここに出るのか」

おそらく、「なにも考えていない人の言葉」は様々にあるはずだが、「ここに出るのか」はそうした言葉のなかでもかなり高度な部類に入ると思った。これほど「考えていない言葉」はない。なにしろ、ドアを開け、少し驚いたように口にする。

「ここに出るのか」

さすがに鈴木慶一さんだ。なにも考えずに歩いている。試しに慶一さんの立場になって想像してみよう。複雑な構造の建物のなかで道がよくわからなくなっていた。自分がいまどこにいるかわからない。ドアがあった。ためしにそれを開けてみた。

そこは見たことのある場所で、知っている人がいた。そのとき、どんな言葉を口にするか、ほんとうならいくつも言葉があったはずだ。

「よかった、戻ってこられた」

これではあたりまえである。

「こんにちは」

いや、挨拶をされても困る。かといって突飛なことを言ってもだめだ。ドアがあった。ドアを開け、その向こうにいる人たちに向かって言う。

「そこにドアがあったから」

なにを言いだしたんだおまえは。奇をてらってもいけない。挨拶でもだめだ。当たり前のことを口にするのも、どこか「考えている」ことにつながるから、「ここに出るのか」の持つ、なにもなさの価値の高さがよくわかる。

そしてそれこそが、「歩く」ことにとってもっとも重要だ。

「計画性のある散歩」

そんなだめなものがこの世にあるだろうか。散歩とはおしなべて、「ここに出るのか」なのである。そうした気分で歩かなくてはいけないので、「午後一時、新宿駅出発。午後一時五分、紀伊國屋書店到着。午後一時三十分、二階フロア巡回終了」なんてものは、「歩く」楽しみをまったく見失っている。そんなふうに計画書を作って歩きだしたところでなんの楽しみがあるのだ。

「午後一時」

これはいいとしよう。とりあえず時間を設定するのは許したい。だが、そこからはもうなにも考えない。

「午後一時、鍋をかぶる。午後八時、名古屋駅到着」

なぜ、午後一時に鍋をかぶるかなんて知るものか。どうして名古屋にいることになるかなんて本人にだってわからない。その七時間のあいだ、いったいなにをするか、誰にもわかるわけがないではないか。なにしろその人は鍋をかぶっているのだ。

前回も京都の祇園祭について書いたが、私はこの前の祇園祭で、これ以上ないほど「なにも考えない歩き」を体験した。「また京都かい」と敬遠するむきもあると思うが、どうしても書き留めておかなければいけない事件だ。

宵山の夜だった。かなりの人が町に出ていた。三条烏丸《さんじょうからすま》を下がって四条まで歩き、交差点を左に折れると、そこに長刀鉾《なぎなたほこ》がある。「鉾」とは祇園祭に欠かせない山車《だし》のような姿をしたいわば巨大な車で、長刀鉾は鉾のてっぺんに長刀が飾られていることからその名がついている。四条通りは幅の広い道路だがいっぱいに人があふれ、長刀鉾を一目見ようとまるで行進のように歩いた。鉾を左手に見た。後ろから押され少しの時間しか見ることはできなかったが、そのまま四条通りを河原町まで歩き、なおも行進は続く。ぎっしり埋まった人が歩く。だが、歩いている途中で誰もが気がつくのだ。

「この先にはなにもない」

歩いても意味がないのだ。長刀鉾から先にはほかの鉾もなく、見るべきものがまったくない。それでも私たちは歩いていた。四条通りを歩いた。意味もなく歩いたのだった。私はまだ京都を知っているほうの人間だからいい。なにも知らずに観光に来てしまった人間はどう思うだろう。大勢の人が歩いている。きっとなにかあるのだろう。なにかを期待して歩く。だがなにもないのだ。河原町通りに出て、なにも知らない人はきっと言う。

「ここに出るのか」

京都のことを多少でも知っている私でさえ、そのとき「ここに出るのか」と口にしそうになったくらいだ。知らない人ならきっとそう口にする。関係ないが、奈良の大仏殿に行ったとき、大仏殿に入ってくる人たちが決まって口にする言葉に私は感動した。

「でかいな」

入ってくる者ら、ほぼ、全員が大仏を見てそう口にする。私も「でかいな」と言った。誰だってそう口にする。なにしろ、大仏はほんとうにでかいからだ。

おそらく、観光地には、「誰もが口にしてしまう言葉」がきっとあり、祇園祭における「ここに出るのか」にしろ、大仏殿における「でかいな」もそうだが、おそらくそのとき、誰もが、なにも考えていないのではないだろうか。考えていたら言うだろうか。大仏を見て言うだろうか。

「でかいな」

そして、道に迷って、めまいのようなものを感じ、ようやく知っている場所に出た者が、なにかを考えて口にするだろうか。

「ここに出るのか」

なにも考えていない。

それが歩くことの醍醐味である。

トカゲの散歩

村岡花子

むらおか・はなこ
1893年山梨生まれ。翻訳家、児童文学者。マーク・トウェイン『王子と乞食』翻訳出版以降、モンゴメリ『赤毛のアン』シリーズなど多数の翻訳を手掛ける。2014年度前期NHK連続ドラマ「花子とアン」のモデルになった。1968年死去。

春さき、田舎道をあるいていると、道ばたのくさむらからツツとあらわれて来て、足もとを横ぎってむこうがわの草原の中へ姿を消してしまうトカゲ、どういうものか私はあのトカゲを見ると、いかにも春らしい、のんびりした気持になる。それは決して曇った日や雨ふりの時ではない、必ず日がぽかぽかと照って、あたまの上が少しあつ過ぎる気のする真昼時なのである。もっとも今までの私の記憶では雨のびしょびしょ降っている日に田舎道を散歩したことがないから、トカゲの姿もきまって晴れた日と結びついて思われるのであろう。けれども、とにかく、私には春の田舎道とトカゲがいつでも一緒のものになって心にえがかれている。

大森《おおもり》のこの家の庭の芝生が青くなって来ると、チョロチョロとその中を突っ切っていくトカゲが眼についていて、「ああ、春になった」と私は必ず一度は口に出して言うのが毎年の習慣になってしまった。私が見るトカゲはみんな小さい子どもトカゲなので、いっそう春らしい若い生命を感じるのであろう。

応接間からすぐ庭に下りて行く出口のガラス戸をあけると、植木鉢がいくつかならべてある。その中に大きなベゴニヤの鉢植がある。葉がよく茂って、花がいっぱいついている。

毎朝、私が応接間で雑巾《ぞうきん》がけをしていると、必ず下の芝生から一匹のトカゲの子がそのベゴニヤの鉢をめざしてのぼって来る。すばしっこくベゴニヤの葉の茂みの中をくぐりぬけるかと思うと、ツツとまっすぐにその横の大きな書架とガラス戸との間の暗い細いところへ行き、壁につきあたるとまた引き返して、今度はベゴニヤの鉢の中へは分け入らずに、大急ぎで、縁側《えんがわ》から芝生へくだって行く。

そのトカゲもまだ子どもで小さいのに、しっぽの先を切られている。いつか植木屋が仕事に来ていた時、鋏《はさみ》でいたずらをして、トカゲの尾を切ったのが、どうもその子トカゲらしく思えるのでふびんで仕方がない。

トカゲの子の朝の散歩のコースは決して変わらない。ベゴニヤの森林を抜けて、書架の横の細道へと毎朝、機敏に動いている。

生きたくなるセット

小原晩

おばら・ばん
1996年東京生まれ。作家。2022年にエッセイ集『ここで唐揚げ弁当を食べないでください』を自費出版しデビュー。2023年9月には初の商業出版となる『これが生活なのかしらん』を発表。

ときどき、すごくやる気がなくなる。
そういうときは「生きたくなるセット」をためしてみる。
御堂筋線に乗って千里中央駅で降りる。
無数に立ち並ぶ駅ビルグルメを横目に、ニューアストリアという喫茶店の前でたちどまる。平日の十五時ぐらいに行けば、並ばずに入ることができるだろう。

こぢんまりとした喫茶店の中で、初老の男性たちが白いポロシャツに、おそろいのデニム生地のエプロンをつけ、心地よいリズムで働いている。

丸い頭に丸い眼鏡をかけたひと、黒髪に銀縁の眼鏡をかけた紺色ベストのひと、第一ボタンを開けた姿勢のよいひと、きれいな白髪頭にカーキ色のベストを着たひとなど、みなさん個性が光っているのもよい。

和気藹々《わきあいあい》、という雰囲気でもない。

たんたんと、調子よく、あたりまえの労働を、きもちよくやっている。

そこにあるのはプロの迫力ではなく、労働の健やかさだ。

注文するのはカツサンドＡ（野菜入り）とミックスジュース。

こんがりトーストされた薄切りの食パンに、上から、あざやかなレタス、きれいに並んだトマト、たっぷりの甘いたまねぎ、揚げたてのヒレカツである。

ひとくちサイズに切られたサンドが、崩れてしまわないように、つまようじをすーとさす。右手でつまようじをつまみ、左手で下をささえ、口まで運ぶ。

もちろんひとくちで、頬張るように食べるべきであると私は思う。

やわらかなヒレカツからじゅわーっと肉汁が溢れて、たまねぎはほどよく食感をのこし、トマトは後味をさっぱりさせて、噛むほどに感動が押し寄せる。落ちついてきたところで、ミックスジュースをきゅっとのむと、桃やりんご、バナナ、牛乳の味わいが私をほろほろとろけさせる。

もし天国があるならば、こういう健やかでささやかな場所がいい。

お代を払い、生きたくなるセットを完成させにいく。

大阪モノレールに乗って万博記念公園駅へ向かう。

万博公園は民族学博物館や、サイクルボート、日本庭園などたくさんのおもしろいものに溢れているが、それらには目もくれず、私は太陽の塔のできるだけ近くへいく。

そして見上げる。ちょっと拝む。

それから周りをすこし歩いて、いろんな角度から太陽の塔をじっと見つめる。

その間、心のなかは無である。からっぽ、というのとは違くて、心には無が満ちていて、それ以外はもう入る隙間がないという感じである。誰の顔も浮かばない。

無からは感謝も懺悔も生まれない。無とは命である、ということを急に思うのだけれど、それがどういう意味なんだかすぐにわからなくなる。気がつけば、夜になっていて、私は生きたくなっている。

箱河豚を弔う

堀本裕樹

ほりもと・ゆうき
1974年和歌山生まれ。俳人。俳句結社「蒼海」主宰。第2回北斗賞、第36回俳人協会新人賞、2015年度和歌山県文化奨励賞受賞。著書に句集『熊野曼陀羅』『一粟』、『俳句の図書室』、又吉直樹との共著『芸人と俳人』など多数。

海の近くに暮らしていていいのは、すぐに浜辺に下りて散歩ができることである。家の傍にある小径をとんとんとんと下っていくだけで、あっという間に浜辺に着いてしまうのだ。以前、小田急線の新百合ヶ丘に住んでいた頃は、「よし、きょうは海を見に行こう！」と、しばらく逢っていない愛しい恋人にでも逢いに行くような、ちょっと余所《よそ》行きの心構えが必要だった。それはそれで胸の高鳴りもあっていいものだけれど、しばらく電車に揺られていかなければいけない。そうして時間が来ると、愛しい恋人を置き去りにして、ふたたび電車に乗って帰らなければいけない。もしできることならその恋人を家まで連れて帰りたいところだけれど、そうもいかない。この海との別れが名残惜しくて、なんだかいつも切ないのである。

しかし海辺に住んでいると、常に自分の傍に海が寄り添って波音を聴かせてくれる。浜辺を散歩して家に帰ってきても、海との距離が少し変わっただけで、ついさきほど歩いていた浜を窓から見下ろすことができる。手の届くところにいつも海の気配が感じられるのだ。というわけで、海辺暮らしの浜の散歩は何の心構えも気負いもなくていいのである。

浜辺に下りると、海風が僕の全身を包みこみ、鼻孔いっぱいに潮の香りが広がって通り抜けてゆく。家の窓を開けていると、海風はもちろん入ってくるけれど、浜とは潮の香りの濃さが違う。浜の潮の香りは濃い。その香りは数えきれぬ多種多様な生き物のいのちを孕《はら》んだ、太古から累々と蓄積された悠然たる濃厚さで優しさをもって迫ってくる。

遥かな沖を見つめつつその香りを鼻孔から思いきり取り込んで肺を満たして吐き

出す。何度か深呼吸を繰り返す。すると、胸の中にわだかまっていたものが、すうっと抜け落ちていくような感覚に満たされ気持ちが晴れやかになっていくのだった。

チャップリンの靴が片方秋の海　磯貝碧蹄館

僕が散歩する浜では見かけたことはないけれど、この句はチャップリンの靴の片方が落ちていたというのだ。だが実際にチャップリンが履いていた靴が落ちていたわけではない。おそらく映画のなかでチャップリンが履いていた形状に似た靴が落ちていたのだろう。あの独特の丸みを帯びた靴はクラウンシューズというらしいけれど、道化師が履くような靴の片方が秋の渚に横たわっている光景は、おどけ方を忘れた有り様でどこか哀しいものである。またもう少し突っ込んだ解釈をするならば、映画『黄金狂時代』のチャップリンが空腹のあまり革靴を茹でて食べる有名なシーンとこの句の片方の靴が重なって見えてくるかもしれない。そうすると、いっそうこの句にペーソスが感じられるのである。

浜辺の散歩の楽しみはいくつかあるが、地引き網を終えたあとのそぞろ歩きは胸が躍るものだ。この浜では時折観光客用の地引き網が行われていて、漁師が仕掛けた網を何十人もの手で海から手繰り寄せていることがある。その時必ず食べられない魚が浜に打ち捨てられる。その魚を見て回るのがおもしろいのである。魚屋やスーパーでは見かけることのない、不思議なかたちをした深海魚をはじめ、サメやエイがぞんざいに捨てられているのだ。それらはどれも静かに転がっている。そうして言いかけた言葉を呑み込んだような、どこかしら淋しそうな表情をしていることが多い。

時には乾ききった箱河豚《はこふぐ》がまだらな茶色に変色して転がっていることがある。ミイラになったそれは何か言いたげな口を突きだし、どこに向かってでもなく硬く尖らせているのだった。持ち上げてみると、袋入りのポテトチップスよりも少し重いくらいの亡骸である。人間の仕掛けた地引き網に思いもよらず引っかかってしまい、石ころだらけの浜に打ち捨てられて太陽に曝《さら》されつづけ、人にも鳥にも猫にも見向きもされずに、潮風に吹かれるがまま転がっている箱河豚は、チャップリンの片方の靴よりもあわれといえる。

せめて海に返してあげようと乾ききった箱河豚を渚から引く波にそっと乗せてや

る。でも、あまりにも軽くなりすぎた亡骸は、すぐにまた打ち上げられて戻ってきてしまう。だから、今度は海に向かって思い切り放り投げてやった。ちょっと手荒いやり方だけれど、しょうがない。浜で干からびて粉々になるのをじっと待つよりも、箱河豚は生まれ育った海に帰って溶けていったほうがいいだろう。

村上春樹の『1973年のピンボール』では、エキセントリックな双子と一緒に〈僕〉が、雨の降る貯水池に不要になった配電盤を投げ入れるシーンがある。そのときお祈りの文句として、〈僕〉はカントを引用し、「哲学の義務は（中略）誤解によって生じた幻想を除去することにある。……配電盤よ貯水池の底に安らかに眠れ」と唱えて、〈右腕を思い切りバックスイングさせて〉配電盤を放り投げるのだが、僕は黙って箱河豚を海に投げ入れた。

箱河豚は小さな弧を描いたかと思うと、海面に音もなく軽々と着地して、やがてゆらゆら漂いながら、今度はもう帰ってこなかった。

火を恋ふや河豚の骸を海に投げ　裕樹

朝の散歩

石井桃子

いしい・ももこ
1907年、埼玉生まれ。児童文学者。『クマのプーさん』ほか多数の外国の児童文学の翻訳を手がける。58年には自宅を子どもたちに開放し、「かつら文庫」開設。『幻の朱い実』で読売文学賞受賞。2008年101歳で死去。

私は、生まれてから去年まで、朝の散歩などということをしたことがなかった。女は、とかく貧乏性なうえに、ことに私はそうなので、ちょっとしたひまでもあれば、掃除や洗濯ということになるから、わざわざ散歩などしなくとも、運動不足になるおそれはないと考えていた。

ところが、この春から、東京にいる時には、かならず六時前後から七時ごろまで、近所を歩きまわらざるをえなくなった。犬のお伴という、いわば、よぎない散歩である。

犬のことを好意的に本に書いたら、そういう書き方をするなら、犬はすきであろうと、コリーを一頭、押しつけられた。犬はきらいではないが、そのせわが、いまの私の能力以上なことだとわかっていたから、戦後は遠慮して、飼ったことがなかったのだ。

さて、飼ってみると、やはり、心の負いめはたいへんだった。元来、野山をかけ歩くべき犬を、あまりひろくない囲いのなかに、一日とじこめておくことにたいして、私は平気ではいられない。それに、日一日と、男らしく、低音に、力強くなってゆくそのなき声について、近所の人たちの迷惑を考えないわけにいかない。

子犬は、六時近くなると、わが家の一角の雨戸があくことをすぐにおぼえて、うっかり朝寝をしている時も、その時間になると、「夜があけたぞ、なにを寝坊しているんだ!」とほえたてた。

私は、どんなに前の晩がおそい時でも、とびおきて、そのほえ声をしずめる手段をとらないわけにいかなかった。まず、用意の食事をあたえて、散歩にひきだすのである。

夕方の散歩までの時間を、できるだけおとなしく囲いにおいておくためには、一時間の散歩のあいだに、できるだけ犬のエネルギーを発散させてしまわなければならない。しかし、それでこまるのは、つれて歩く人間が、犬とおなじに疲れていてはいられないということだった。人間は、らくをして、犬だけ運動させようとすると、私のように、自転車にのれない人間は、まことにこまった。

最初に考えたのは、春ごろまで、わが家に同居していた若い女性と私とで、人通りの少ない道ですこしはなれて立ち、交互に犬の名をよび、「走ってこい！」の練習をすることだった。私たちは、各々ポケットに煮干しを入れておき、子犬が走ってくると、一匹ずつやったから、子犬は喜んで、足をいためるまで走りまくって、この方法はうまくいった。が、そのうち、私は、犬をたべ物で釣って訓練してはいけないということをどこかで聞くか、読むかして、不安を感じはじめたのと、またちょうどそのころ、相手をしてくれた若い人が結婚して、いってしまったのとで、またべつの方法を考えなければならなくなった。

幸い、家から五百メートルほどいくと、草ぼうぼうの原っぱがあった。二、三日は、そこへ犬をつれていって、私も、犬といっしょにかけ歩いてみたが——私が立っていると、犬もただ立っているから——これは、たいへんな仕事だった。犬は、私を同類と心得て、大喜びで全身でぶつかってくる、とびつく、くらいつくというわけである。腕と足が、かすり傷だらけになり、手をあげかけたところへ、天の助けのように、ビルという犬があらわれた。ビルは、草っぱらのすぐ横の家の飼い犬で、ワイヤの雑種だった。大きさは、私の家の犬の半分くらいだが、年は二歳だった。この小柄ではあるが、世智にたけたビルが、思いがけず、わが家の子犬をひきうけてくれたのである。

ビルは、最初の日、私の犬の図体にだまされて、非常に警戒し、くってかかったが、やがて、これが、つつけば、すぐ転んでしまう青二才だとわかると、大の仲よしになって、毎日、相手になってくれた。この二匹が、三十分ほど、草原をくんずほぐれつ、とびまわっているあいだ、私は、文字通り、近くをぶらぶら散歩すればよくなった。

ところが、世の中はたえず動いているもので、このビルも、毎朝、五時半に私の家の犬の囲いへ迎えに来、また、散歩がおわると送ってくるようになったころ、主人と一しょにひっこしていった。

そこで、私はこのごろ、また犬と二人の散歩になったが、最近は、犬も青年期に近づいたせいか、私のわきをおとなしくついてくるようになり、ただ、旧友ビルに教わった拾い食いのくせが、時どき、私をこまらせるだけである。

見てしまう

角田光代

かくた・みつよ
1967年神奈川生まれ。小説家。『まどろむ夜のUFO』で野間文芸新人賞、『空中庭園』で婦人公論文芸賞、『対岸の彼女』で直木賞、『八日目の蝉』で中央公論文芸賞ほか。『幸福な遊戯』『世界中で迷子になって』など著書多数。

人は、一度や二度は、見てしまった、と思わずつぶやいてしまうような場面に遭遇するのではないか。私は案外「見てしまった」率が高い、と思う。たとえば、二十年近く前の話だ。

平日の日中、住宅街のなかの道を若い女性が歩いていた。ごくふつうのきれいな人である。ところが彼女のはいていたミニスカートの裾の一部がパンツ（下着）のなかにたくしこまれていて、さらに、そこからトイレットペーパーが一メートルほどたなびいている。「えええっ」と思う。何がどうなっているのかわからない。気づいていない彼女に指摘するべきだと思うのだが、何からどう指摘していいのかわからない。はたまた、見たことのない光景なので、指摘すべきかどうかもわからない。私は混乱し、遠ざかるその人をただ見ているしかできなかった。

そのほかにも、やはり住宅街を歩いていたときのこと。一軒の家から、若い女の子が裸足《はだし》で転げるように出てきた。そのすぐあとに、父親らしき男性も裸足で駆け出してきて、女の子の抱えたバッグを引ったくり、中身を路上にぶちまけはじめた。女の子は四つん這《ば》いになり、散らばる中身をかき集めている。父親は、「泥棒！お前なんか娘じゃない！　出ていけ！」と、バッグを道路に叩きつけながら怒鳴っている。道路にへたりこんだ女の子も金切り声で何か言い返している。「えええっ」とまたしても思う。二人は罵《のの》り合いに夢中で私には気づいていない。気づかせてはいけない、となぜか咄嗟《とっさ》に思い、気配を消してその道を通りすぎ角を曲がった。

ふつうに町を歩いていて、あんまり見ないような光景に出くわすと、磁場がぐにゃりと曲がったような心地になる。その後、日にちがたっていくにつれ、本当に見たのかどうなのかわからなくなってくる。シュールな、でも現実味のある夢の一部を覚えているだけなのではないか。そんなふうに疑いながらも、ずっと覚えている。二十年近くたった今も私はあのミニスカートの女性を思い出し、「もしや自分も」と急にスカートの裾を確認したりする。そして怒鳴りあう父娘を見かけた町内を歩くと、「あの二人はどうなったろう」と今でも思う。

シュールすぎて現実とは思えない光景を見てしまったこと、ある？　と夫に訊いてみた。咄嗟には思い出せないな……と言いながら、そういえば、と語り出す。

家の近所を歩いていたら前を歩いていた男の人が苦しがりはじめた。おなかが痛いと言いながら膝を折り歩道に横たわり、どういうわけかズボンを脱ぎはじめた（下着ははいていた）。たいへんだと思い、携帯電話から救急車に電話をかけた。住所を訊かれ、わからないので、真ん前にあった商店に入って教えてもらい、住所を告げて店の外に出た。すると横たわっていた男の人はその場にいない。周囲を見まわすと、五百メートルくらい先をふつうに歩いている。脱いだズボンはそのまま、足元にたぐまった状態で。

それは「見てしまった」より、どちらかというと「遭遇してしまった」ほうが近いような気もする。

できれば、見てしまわず、遭遇してしまわず、過ごしたいなあと思う。そして何より、自分もまた、見せてしまわず、遭遇させてしまわないようにしないと、とも。

日曜日らしい日曜日

阿川佐和子

あがわ・さわこ
1953年東京生まれ。作家、エッセイスト。TBS「情報デスクToday」「筑紫哲也NEWS23」「報道特集」でキャスターを務める。以後、執筆を中心にインタビュー、テレビ、ラジオ等幅広く活動。著書に『話す力』『老人初心者の青春』など。

日曜日の朝、突発的に映画を観たくなった。先頃より「面白いから是非、観なさい」と人に勧められていた映画である。

他人様から映画を勧められる機会はそれまでにもたびたびあったが、腰を上げることはめったにない。仕事や日常雑事に追われるうち、いつも上映期間を逃してしまう。まあ、たとえ逃してもいずれビデオ屋さんで借りられるだろう。そう思ってなかなか映画館へ足を運ぼうとしない。

ところが今回は、どういう風の吹き回しか自分でもわからないけれど、ビデオではなく、映画館で観たくなった。突発的衝動は、必然的に突発的行動へと自らを導く。すぐさま友達に電話した。

「突然だけど、映画、観に行かない？」

「え？　今から？」

その声には明らかに当惑の気配が感じられた。

「そう、今から。でも無理よね」

「うーん、無理ってわけじゃないけど。今ちょっと、部屋を片づけ始めたところでねえ……」

私は意識的に明るい声で言った。

「ごめんごめん。じゃ、またね」

あっさり電話を切り、今度は二番目に思いついた友の番号を押す。

「あ、いいよ。ちょうど観たいと思っていたの、その映画」

すぐに乗ってくれたが、言葉を添えた。

「でも、日曜日じゃ、混んでると思うけど」

そうか。日曜日は映画館が混むのか。長らく日曜日に映画を観たことがないので忘れていた。休日の定まらない私のような稼業の人間にとって、あえて日曜日の人混みに出て行こうという気力は、ずいぶん前から失せている。

「そうか。日曜日だもんね」

そこでお次の電話先は映画館である。混み具合を問い合わせると、「日曜日ですからねえ。整理券をお配りしていますので、なるべく早めにお出かけください」との案内をされた。

これはのんびりしていられない。にわかに慌て、急いで着替えて簡単に化粧をし、銀座へ向かう。

まだ上映時間より二時間以上も前だというのに、窓口でお金を払い、整理券を受け取ると、すでに三十八、九番目（二人分）になっていた。

「開演三十分前に改めて来てください。整理券の番号順に入場案内をいたします。遅刻なさると座れなくなる可能性がありますのでご注意ください」

厳しいお達しを受け、映画館をいったん出る。さてあと一時間半か。どうしよう。

同行予定の友達とは入場時間に落ち合うことにしてあったので、とりあえず一人で時間を潰さなければならない。

食事をするか……。一人じゃねえ。

お茶を飲むか……。どこも混んでるなあ。

買い物をしようか。買う必要のあるものが何かあっただろうか。

時間に余裕のあるときにかぎって、やりたいこと、やるべきことが浮かばない。

しばらく歩行者天国の大通りを歩く。用もないのに店に入ってみる。

「いらっしゃいませ。何かお探しですか?」

店員さんから声を掛けられ、「いえ」と小声で返事をし、店内を一巡して何も買わずに外へ出る。目的なく歩き回った末、結局、映画館まで戻り、横の小さなイタリアンレストランのカウンター席で静かにミネストローネスープをすすり、パンをかじり、時の過ぎるのを待つことにする。そして、ふと思った。

こういう日曜日を過ごすのは久しぶりである。銀座でブラブラ。友との待ち合わせの時間まで、一人でフラフラ。急ぐ必要もなく、不安も緊張もない。ああ、なんと休日らしい休日であることか。

会計を済ませて外に出ると、ちょうど友が現れた。

「早く着いたから、あそこの喫茶店でお茶飲んでたの」

「あらやだ。私はずっとここのレストランにいたのに」

ひとしきり笑い、そろそろだねと映画館へ入り、整理券を握って列に並び、番号を呼ばれて、やや急ぎ足で席を取る。

「ここにする？　え、あっちがいい？　早く早く」

それから約二時間。大画面の別世界に浸り、三回笑って二回ホロッとして、おしまい。少し痛む腰をさすりながら立ち上がり、外へ出ると、まだ世の中は明るい。歩行者天国のベンチに家族が座ってジュースを飲み、若いカップルが手をつないで店のウィンドウを覗いている。

「評判どおり、なかなか良かったね」

「あの無声映画のシーンが圧巻だね」

歩きながら軽く映画の感想を語り合い、プッと思い出し笑いもする。

「お茶でも飲んで帰る？」

「いや、今日はまっすぐ帰る」

「そ、じゃ、またね」

地下鉄へ続く階段を降りながら、私はしみじみと満足する。なんて日曜日らしい日曜日だったのだろうかと。

秋をけりけり

村上春樹

むらかみ・はるき
1949年京都生まれ。小説家、翻訳家。『風の歌を聴け』でデビュー。1987年『ノルウェイの森』がベストセラーに。その他のおもな著作に『海辺のカフカ』『1Q84』『騎士団長殺し』『街とその不確かな壁』など。

詩はよく読みますか？　実を言うと、僕はそれほど熱心には詩を読みません。でも何冊か個人的に好きな詩集はあって、暇なとき本棚から引っ張り出し、ぱらぱらとページを繰る。流麗な詩や、叙情的な詩よりは、日常的な散文・口語でざっくりと書かれたものが好みです。

木山捷平《しょうへい》に「秋」という短い詩（昭和八年）がある。

新しい下駄を買つたからと
ひよつこり友達が訪ねて来た。
私は丁度ひげを剃《そ》り終へたところであつた。
二人は郊外へ
秋をけりけり歩いて行つた。

たった五行のわかりやすい詩で、気取った言葉なんかぜんぜん使っていないんだけど、読んでいるだけで、そのときの情景や心持ちがすっと目の前に浮かんできますよね。かつんかつんという新しい下駄の歯音も聞こえてきそうだ。チャーミングな、そして雄弁な詩だと僕は思う。秋がやってくると、この詩をふと思い出す。
この「木山捷平全詩集」という箱入りの本を、青山通りの古本屋で見つけました。同じ内容のものを文庫本で持っていたので、「三千円かあ、どうしようかな」と迷ったんだけど、結局買った。でも詩集って、箱入りみたいなかたちで持っているといいものです。たまにしか読まなくても、人生で少し得をした気持ちになれる。

この詩を初めて読んだときに、「これはまだ若い人のつくった詩だな」と僕は感じた。実際、作者はこのときまだ二十九歳だった。なぜそう感じたかというと、「新しい下駄を買ったから」といって友達がふらっとうちにやってくるような状況は、またそれを普通のこととして捉《とら》える感覚は、まだ二十代の人のものだからだ。

僕にも若いときにはそういう友達がいた。今はいない。残念ながらというべきなのか、でも「いや、新しいリーボックを買ってさあ」とか、急にアポなしで来られても困るかもしれない。仕事の予定もあるし、家庭の事情もあるし。

高校生の頃、深夜机に向かって勉強（だかなんだか）をしていると、窓ガラスにこつんと小石があたって、ふと外を見ると、友達が手を振っていた。「海岸に行ってたき火でもしないか」というので、一緒に海岸まで歩いて行った。そして流木をいっぱい集めて火をつけ、とくに何を話すともなく、砂浜で何時間もその炎を二人で眺めていた。その頃にはまだ兵庫県芦屋市にもきれいな自然の砂浜があったし、たき火は何時間眺めていても飽きなかった。

でもそこまで暇を持てあます時期って、一般の人生においては残念ながらそれほど長くは続かないし、暇つぶしに付き合ってくれる人の数も少なくなっていく。

いずれにせよこの木山捷平の詩を読んでいると、そういう時代の気持ちの所在感みたいなのが蘇《よみがえ》ってきて、なんとなくいいものです。親しい誰かと一緒に「秋をけりけり」郊外を散歩できたら楽しいだろうなと思う。

ため息の出る散歩

小川洋子

おがわ・ようこ
1962年、岡山生まれ。小説家。91年「妊娠カレンダー」で芥川賞受賞。『博士の愛した数式』で読売文学賞、本屋大賞、20年『小箱』で野間文芸賞を受賞。07年フランス芸術文化勲章シュバリエ受章。海外でも高い評価を受ける。

三十数年の人生で初めて、犬を飼ってみようか、という気になったのは、優雅にして思索的な散歩にあこがれてのことであった。小説を書いているとどうしても運動不足になる。散歩が手っ取り早くていいのは確かだが、倉敷の田舎では道を歩いている人をほとんど見かけない。ランドセルを背負った小学生か、農作業へ出るお年寄り以外、皆車で移動するので、手ぶらでふらふら歩いていると異様に目立ってしまう。

そこで登場するのが犬である。しかも大きくてどっしりとした賢い犬。それを従えていれば、誰に遠慮することもなく、心行くまで散歩を楽しめるだろうし、机の前に座っている時には思いもつかなかった斬新《ざんしん》な小説のアイディアが、浮かぶかもしれない。

以上のような夢をのせて我が家へやって来たのが、ラブラドールの子犬ラブだった。

ワクチンも済ませ、庭で足慣らしもし、かわいい首輪とリードも買いそろえ、いよいよ散歩デビューというその日、出発前から既に雲行きが怪しかった。首輪にリードを引っ掛けるだけで大騒ぎだった。とにかくラブは初めて見る長くてくねくねしたリードが珍しく、どうにかして口にくわえようとする。こちらが首を押さえ、金具をつかもうとすると身をよじって抵抗し、手に噛み付く。ハウツー本に書いてあるとおり、「だめ」と言って叱れば、余計に興奮して庭を駆け回る。ようやくリードがつながった時は、もうそれだけで結構な散歩をし終えた気分になっていた。

体勢を立て直し、さあ出掛けましょうと玄関のステップを降りたところで、さっきまではしゃいでいたはずのラブが、硬直し動かなくなった。いくら引っ張っても、四本の脚をぐいっと踏ん張り、一ミリたりともここを動きたくない、という決意を全身にみなぎらせている。

どうも側溝にかぶせてある、格子模様の鉄板が原因のようだった。格子のすき間に脚が挟まってしまうのを恐れているらしい。しかしいくら子犬とはいっても、立派な動物なのだから、三十センチ足らずの溝など、飛び越えてしまえばいいのだ。

「さあ、こんなふうに、ぴょんと飛べばいいのよ。簡単なことじゃない」

何度手本を見せても、効果はない。無理に引っ張ろうとすればするほど硬直はひどくなり、しまいには痙攣《けいれん》を起こしたように、ブルブルと震えだす始末だった。仕方なく道路の真ん中まで、抱っこしてやった。

やれやれ、これで念願の散歩に出られると思ったのもつかの間、十メートルも行かないうちに、また硬直である。今度は坂道がお気に召さなかったらしい。さほど急な坂でもないのに、踏ん張っている。

「これはね、ただの道なの。何の心配もいらないの」

一応説得してみたが、やはり無駄だった。我が家は小高い丘の上にあるので、坂を歩けないとなると、家の周囲をぐるぐる回るしかなくなる。それのどこが、優雅にして思索的な散歩と言えるだろうか。

再び私はラブを抱っこし、坂の下まで歩いた。丘を降りれば、あとは平坦《へいたん》だから大丈夫。ラブを地面に置き、ふっと油断した瞬間、トラックが一台通り過ぎた。途端にラブは、頭のネジが一本抜けたとしか思えない無茶苦茶な勢いで、リードを振りほどき、坂道を逆走していった。下るのは嫌でも、上るのは平気らしい。

慌てて追い掛け、取り押さえたが、もうこの時点で理想の散歩像は消え去り、残っているのはもやもやとした疲労感だけだった。

側溝の鉄板と、坂とトラックにラブが慣れるまで、かなりの時間がかかった。その間にも身体はどんどん成長し、二十キロを越えて容易に抱っこなどできなくなってもまだ、側溝が飛び越えられなかった。曲がりなりにも散歩の格好が整ったのは、一歳を迎える頃だったろうか。

成犬になった現在、理想の散歩はいまだに実現していない。好奇心旺盛《おうせい》の食いしん坊なので、気が抜けない。雑草はもちろん、花、石、スナック菓子の袋、布きれ、他の犬のフン、何でも口に入れようとする。そのたびリードをきつく引っ張り、叱らなければならない。

「やっぱり駄目？　ばれた？」

いくら怒られてもラブはいじけない。甘えた瞳でこちらを見上げるだけだ。

他の犬に出会う時も注意がいる。オスだろうがメスだろうがお構いなく、ラブはじゃれつきたくて仕方がないのだが、四十キロの巨体なので、たいてい相手には嫌がられる。あまりのラブの熱烈さに、腰を抜かして立てなくなった犬もいた。

お腹を壊さないよう、人様の犬を驚かせないよう、毎日用心深く散歩をしている。とても優雅な思索にふける余裕などない。

ひとり対話

池内紀

いけうち・おさむ
１９４０年兵庫生まれ。ドイツ文学者、エッセイスト。ドイツ文学の評論・翻訳のほか、旅行記、歌舞伎など幅広い分野で執筆。著書に『ゲーテさんこんばんは』『森の紳士録』、訳書に「カフカ小説全集」など多数。２０１９年死去。

「足の向くまま」の秘訣から始めよう。秘訣といっても、べつだんのことはない。要するに欲ばらないこと。お天気がよかったり、ふところがふくらんでいたりすると、つい欲ばって駆けずりまわる。これがいけない。

あれもこれもではなくて、あれかこれか、あるいはせいぜい、あれとこれ。心あてにするのは一日に一つか二つ。今日はこれ、このつぎにあれ。あとはその日の流れにまかせる。

　自分では「ひとり対話」と名づけている。足に合わせて気の向くままに話をする。人とおしゃべり。ただし、相手はいない。いるにはいるが目には見えない。頭の中、記憶の中におさまっている。

　日ごろは忘れているのに、なぜか散歩中にあらわれる。こちらから呼び出すこともあって、すぐに出てくる。電話だとしばしば留守にぶつかるが、記憶の相手は留守などしないし、居留守もつかわない。

　電車のつり革を握っているときなど、ひとり対話にうってつけだ。ケータイの対話だと、目を据え、せわしなく指を動かさなくてはならないが、ひとり対話は目をつむっていていいし、指などいらない。たとえば初恋の人を呼び出すとする。丸顔で、目が大きくて、髪はあのころはやっていたポニーテイル。笑うと右頬にエクボができた。彼女とはたいてい映画の話をしていた。だからひとり対話でも、つい先だって試写会で見た映画のことを話すとしよう。この間はおのずと二十代はじめの青年になっている。

　ひとり対話は超コンピューター・システムであって、指示しなくても瞬時に相手が変化する。建築写真をやっていた友人がいて、何度も「足の向くまま」の同行をした。いっしょに仕事をしようと話し合っていたのに、さっさと先に逝ってしまった。記憶の超コンピュータでは、死者も生者と同じ存在権をもっていて、いそいそとあらわれる。某著名建築家設計によるガラスと鉄骨のバカでかい建物。ひと巡りしてから、かつて友人がよくしたように、町角に佇み、小指を立てて建物の寸法をはかってみた。

「写真にどうかね」

「まあ、ごめんこうむろう」

いくらデザインが斬新でも、人を威嚇する建物は悪い建築である。カフェでエスプレッソなど注文して、さらに対話をつづけることもある。友人が好きだったイタリアの建築家を思い出して、宿題を一つもらったぐあいなのだ。

十八歳のとき、東京にやってきた。北区滝野川の安アパートが振り出しだった。そのうち板橋に引っ越した。つづいて豊島区雑司ヶ谷。そのあとが世田谷の三軒茶屋。世帯をもってからは国分寺市、四十代になってようやく三鷹に分相応の家を見つけた。そして——履歴書風にいうと——現在に至っている。

はじめは面くらった。関西の城下町に育ったので、まわりにはいつも目じるしの山があり、町外れには川が流れていた。橋の上に立つと、夕もやの中にお城が浮かんでいた。

ところが東京には、どこにも山がなく、まわりは家ばかり。滝野川に川は流れていなかった。すぐ近くが飛鳥山と知って出かけたが、山ではなくて、ちっぽけな丘だった。目の下をひっきりなしに電車が通る。貨物列車が長々と通過する。不思議な獣のうなり声のように遠いひびきが伝わってきた。

そのうち、気がついた。雑然とした家並みと見えたところに古い瀬戸物屋があって、壺や鉢から笊《ざる》のようなものまで商っている。郷里の城下町でも、とんとお目にかからないような店だった。そこにはまた重厚な玄関をもつ料理屋がまじっていて、夕ぐれ前のひととき、白い割烹着をつけた仲居さんが板間にきちんと正座して、煮魚でごはんを食べていた。

滝野川のアパートの近くに一里塚があって、慶長九年（一六〇四）の年号が刻まれていた。関ヶ原の戦いの四年後、江戸幕府が開かれた翌年にあたる。

少し歩くと古河庭園というのにいき合った。「銅山王」といわれた人の旧邸だそうで、建築家コンドル設計の石づくりの建物があった。階段状の庭にツツジが咲き乱れていた。

雑駁なだけの駅前と思っていた板橋駅の近くに、ある日、近藤勇と土方歳三の碑を見つけた。板橋刑場跡だそうで、明治と年号があらたまった年に近藤勇が処刑された。八年後、新選組生きのこりの一人が追慕の碑を建てた。

三軒茶屋は風雅な地名とはうらはらに、ただ人と車が多いだけだった。しかし、二つの通りの分岐点に、昔はたしかに三軒の茶屋があって、相模の大山へ詣でる人々が往きかいしていたらしいのだ。近くの太子堂には目青不動尊が祀られていて、ついでにお参りしていった。

現在の三軒茶屋から下北沢は若者の町であって、ジーンズの娘や若者が劇場のまわりにむらがっている。近くに松陰神社があって、安政の大獄で処刑された吉田松陰や頼三樹三郎《らいみきさぶろう》が眠っている。そういえば幕末の志士たちは、江戸の終わりのジーンズ族といっていい。

雑司ヶ谷には、けっこう長くいた。少し歩くと鬼子母神《きしもじん》の境内にきた。樹齢五百年とかの大イチョウがそびえており、人よんで「子授けイチョウ」、あるいは「子育てイチョウ」ともいって、若い母親が乳母車を押してやってくる。ヘソの緒を納めるお堂があって、薄暗いなかに白い箱がぎっしりとつまっていた。十月のお会式にはうちわ太鼓が鳴りひびき、大祭ともなると数百の提灯がともされた。

池袋の繁華街から、つい目と鼻のところなのに、まるで別天地のようにちがっていた。雑司ヶ谷を横切り、いまもチンチン電車が走っていて、「面影橋」という、やさしい名前の停留所がある。ある夜、線路のかたわらを歩いていて、町工場の入口のようなところに石碑を見つけた。街灯にすかして見ると、「山吹の里碑」だった。太田道灌が鷹狩りにきて、にわか雨にあい、農家の娘に蓑を借りようとしたところ、娘が古歌に託して山吹の小枝を差し出したとか。

「――みのひとつだになきぞかなしき」

突然、古江戸と対面したぐあいで、しばらく暗い通りにボンヤリと佇んでいた。まったくおかしなところなのだ。ここには地方都市の大半が失ってしまったような年中行事が厳然として生きている。一月は鳥越神社のどんど焼、亀戸天満宮のうそかえ神事、二月はだるま市、柴又帝釈天の庚申祭。巣鴨のとげぬき地蔵は四の日ごとに老幼男女の「幼」を除いた人たちで大賑わい。五月は神田祭に浅草の三社祭、六月は山王さま、七月は入谷の朝顔市、ほおずき市……。

吹く風が冷たくなると、しょうが市、べったら市、お会式、酉の市、ボロ市、羽子板市、しめくくりが歳の市。

イタリア料理やインド料理のかたわらに名代のソバ屋ののれんがひるがえっている。ギリシャ料理店で地中海の珍味を食べ、スペインのシェリー酒を飲み、スイス渡来のチーズをつまみ、その足で根岸の豆腐料理に寄ることもできる。

いせ源のあんこう鍋、ぽん多本家のトンカツ、中江のさくら鍋、鳥安の合鴨、ぼうず志ゃものしゃも鍋、駒形どぜう、扇屋の玉子焼、ももんじやの猪鍋。この巨大都市の胃袋は小人国に流れついたガリヴァーのように何だって呑みこむだろう。一度に百人前をたいらげる。

しかし、はじめに述べたとおり、「足の向くまま」の秘訣は欲ばらないこと。今日はこれ、つぎのときにあれ、それで十分。

武蔵野の一角に住みついてわかったのだが、近所の酒屋は越後の生まれで、「越」のつく酒を棚にズラリと並べている。電気屋のおやじはいまだに秋田訛が抜けない。

パーマ屋の女主人は甲州の出身。もう一軒の酒屋は「伊勢屋」だから、もとは三重から来たのだろう。薬局の主人は信州人。

半身にしっかりと「お国」をかかえている。町もまたそうであって、年末になると、きまった植木屋がやってきて、家々の戸口に年越しのお化粧をする。駅前の饅頭屋の店先では、いつ見ても蒸籠《せいろ》から白い湯気がふき上がっている。総ガラスのビルの並びに、しもた屋風の家があって、「綿打ち直します」の古看板が立っている。およそちぐはぐな風景だが、わが国そのものが何かにつけてちぐはぐを原則とし、とりわけ首都とよばれるところは、この手のちぐはぐさを唯一の特色としてきたかのようなのだ。

ところが冬の夜ふけ、へんに冷えついた一日の終わりごろ、「ピュー」といった風音のすることがある。ドッと屋根をゆるがすように強まったかとおもうと、つぎにはハタとやみ、一呼吸おいてまた音高く吹きつける。隣家のベランダの物干し竿がカン高い音をたてて落下した。

翌朝のニュースに「筑波おろし」などの聞きなれない言葉がアナウンサーの口から出たりする。かつて江戸の人は火事におびえながら、天地をゆるがすようにして吹きつけてくる風音を聞いていた。暖冬の時代になって、もうめったに立ち会えなくなったが、未知の風土がチラリとのぞいたりする。

いちにち散歩のしめくくりは、居酒屋でのひとり対話。いろいろな思いがめぐっては消え、明察があらわれては行方不明になる。とりたてて覚えておく必要もない。足と同じように頭もまた自由なのがいい。

わが頭のサイズは五十二センチ。地球の円周がどれぐらいか知らないが、時空を自在にとりかえることができるのだもの、この頭は地球よりはるかに広い。他人から見ると一人の呑ん兵衛にすぎないが、いちにち散歩の王さまが現実と夢のいりまじった、とびきりゼイタクな時間をたのしんでいる。

おばあさんのせんべい

若菜晃子

わかな・あきこ
1968年神戸生まれ。編集者。学習院大学国文学科卒業後、山と溪谷社入社。『wandel』編集長、『山と溪谷』副編集長を経て独立。山や自然、旅に関する雑誌、書籍を編集執筆。著書に『地元菓子』他。『mürren』編集・発行人。

昼から坂を下りて街へ出た。坂を下りていくと、おばあさんがなにか平たいものがたくさん入った長いビニール袋を少し持ち上げるようにして歩いていた。なにかなと思って、追い越しぎわににこにこすると、おばあさんもにこにこしてくれたので、それなあにと指さすと、なになにとインドネシア語で答えてくれる。なんだろうと首を傾げると、「ウビ」と言う。ウビはおいものことだ。そしてちょっと待ちなさいというそぶりをみせて、荷物を地面に置いて、袋から一枚出して渡してくれる。

それは揚げせんべいで、丸いのを半分に折った形をしており、パリパリしている。端の方には香草が入っている。おいもの風味がそこはかとなくある。私が「おいしい！」と日本語で言うと、そうかいそうかいというふうに、にこにこしてくれる。

おばあさんは孫にでもふるまうのか、ウビを袋買いして持って歩いているのかと思ったが、後で考えると、おばあさんが家で作ったものをどこかに売りに行くか、誰かに売ってもらうために近所の人へ託しに行ったのではないだろうか。

というのも、その後街へ出て、夕方暗くなってから、時計台の下で女の人が三人地べたに座ってウビを売っているのに出会ったからだ。おばあさんのウビがおいしかったので、時計台の女の人が売っていたのも一枚買ってみたが、おばあさんのがおいしかった。きっと作りたてだったのだろう。辛いソースなどをつけて食べるらしいが、そのままでも充分おいしい。

道を歩いていておせんべいをもらうなんていいなと思う。でも私も年を取って、自分が作ったお菓子を持って歩いていて、後ろから来た外国人がにこにこしたら、

位置はライト、一番ボールが飛んで来ない所です。いつもガッカリ大将みたいになって帰りはバットやグラブ持ちの罰当番で、全然楽しくなかった。

それでも何かスポーツをやらなきゃ弱い人間になってしまうと思い中学生の時、剣道部に入りました。「メンッ」とか「コテッ」とか叫びながら竹刀を相手に打ちつけるのですが、これが痛いんですよ。防具は着けているんですけど、相手の竹刀が頭に当たると防具を通り越して痛い。それでやめました。

柔道は高校の時、やりましたけど仲の良い友達と何回やっても私は先に倒れていましたね。何で自分はこんなに弱いのか？と思いました。何としてでも相手を倒す、という気合が足りないのでしょうか？　そもそも戦う気がないのだと思います。


ところが最近、もう68歳になってしまったのですが、歩くということに関してだけは得意になったのではないかと思っているんです。

テレビ番組の「ローカル路線バス乗り継ぎの旅」で太川陽介さんと一緒にバスで旅をするんですがバスが通っていない所は歩いて次のバス停に行くルールなんですよ。最初の頃は「バス旅って名が付いているのに何で歩かなきゃいけないんだ」って文句を言っていたんですよ。しかもバスが通っていない場所というのは峠が多く県境なんですね。それで坂を上ることが多く、本当にクタクタになってしまう。私だけでなく太川さんもマドンナさんも全員ブツブツ言いながら峠を上っていくんです。

これが何回も何回も続くうちに、少しずつ歩くのになれてきたのでしょう。平らな道なら何キロでも歩けるようになってしまったのです。別の番組で「最終電車を逃した体で新宿駅から三鷹駅まで歩いてくれませんか」との依頼があり、深夜、私はカメラマン、音声さんと共に歩きました。

道が平らなので私はスイスイ歩きます。ところが荻窪あたりまで来たところでカメラマンさん、音声さんの方がバテて、「蛭子さん、スイスイ歩きますね。ちょっと休みましょう」と言うんですよ。まァ道具を持っているし、前向きになったり後ろ向きになったりして撮影するのだから疲れるのは当然だと思います。しかしこの時、私は思ったのです。「勝った」と。座って休んでいる時、私は本当に勝者の気分に浸っていたのです。

子供の頃からスポーツが全くだめで帰り道、野球の道具を持たされ、柔道では同級生からバタバタ倒されていた私。今、歩くことに自信をつけ、散歩するたびに、前にいる人を追い抜いて歩いています。

人形町に江戸の名残《なごり》を訪ねて

向田邦子

むこうだ・くにこ
1929年東京生まれ。脚本家、作家。社長秘書、映画雑誌編集者を経て、脚本家に。代表作に「だいこんの花」、「寺内貫太郎一家」、「阿修羅のごとく」など。おもな著作に『父の詫び状』、『思い出トランプ』など。1981年死去。

一度も行ったことはないのに、妙に懐しい町の名前がある。私にとって、人形町と蠣殻町《かきがらちょう》がそうであった。

私は東京山の手の生れ育ちだが、母がみごもると、母の実家では人形町の水天宮《すいてんぐう》へ安産のお札を貰いにゆき、おかげで私をかしらに姉弟四人がつつがなく生れたと聞かされて育った。

物心つくようになっていたずらをすると、祖母は、

「蠣殻町の」

と言いながら私の手の甲を爪で掻《か》き、

「豚屋のおつねさん」

軽く撲《ぶ》ってからつねり上げたものだった。そんなこんなで、隣り合っているこのふたつの町をいつかゆっくりと歩いて見たいと思い思いしながら、つい目先の用にかまけて、お礼詣りは産声を上げてから四十七年目ということになってしまった。

人形町を「にんぎょおちょお」と呼ぶのはよそ者で、土地っ子は「にんぎょちょお」とつづめて言う。水天宮も「すいてんぐさま」である。水商売と安産にご利益《りやく》のある町なかのお社だけに威あって猛《たけ》からず。気は心のお賽銭《さいせん》でも勘弁して頂けそうな気安さがある。毎月五日の縁日と戌《いぬ》の日は、お詣りの人で賑わうそうな。

お江戸の昔から、人形町は水天宮の門前町として栄えた土地柄である。お詣りの帰りには水天宮みやげで名を売ったゼイタク煎餅《せんべい》「重盛永信堂《しげもりえいしんどう》」へ立ち寄るのが順というものだろう。

間口の広い角店《かどみせ》だが、店構えはみやげもの屋に徹した気取りのなさである。お煎

餅といえば堅焼の塩煎餅が当り前。卵と甘味をおごったやわらかな瓦煎餅《かわら》は、チョコレートや生クリームを知らないひと昔前の人には贅沢《ぜいたく》だったのかも知れない。いや、それよりも、乗物に乗ってお詣りにゆき、おみやげを買って帰る小半日の遠出が、何よりの保養であり贅沢だったのだろう。

ゼイタク煎餅のならび「寿堂《ことぶきどう》」の黄金芋《こがねいも》も昔なつかしい匂いがする。卵の黄身を加えた白餡《しろあん》を肉桂《にっき》を利かした皮で包み、串に通して焼き上げた日保《ひ》ちのいいもので、一個百円は当節お値打ちといえる。煎茶《せんちゃ》によし番茶にも合う。袋が凝っていて、寿堂がこの場所に店を構えた明治三十年頃の四季の和菓子の目録になっている。

夏の部を見ると、卯の花餅に始まり、青梅、水無月《みなづき》、夕立（壱銭《いっせん》より）、更に河骨《こう》《ほね》、鯨もちとならんでいる。一体どんなお菓子だったのかと思いながら、店内を見渡すと、これが、東京でも数少ないという坐《ざ》売りなのである。

ショーケース——いや、見本棚といったほうがピッタリする。見本棚の向うは一段上った畳敷きで、若旦那も、品のいいその母堂も、膝を折り、畳に手をついて折り目正しく客に応対をする。江戸の昔から、随一の商業地といわれた人形町の〝あきんど〟の姿と、下町情緒が、黄金芋の肉桂の香りと一緒に匂ってきた。

甘いものついでに、新大橋通りの「亀清砂糖店」をのぞいてみた。これこそ東京でも数少ない砂糖だけの量《はか》り売りの店である。

古めかしいガラス戸の向うから半紙がペタリと貼ってあり、

「ご進物《しんもつ》にお砂糖。洗顔に黒砂糖をお使い下さい」

薄墨の枯れた筆である。

氷砂糖と糖蜜を買うことにした。糖蜜は黒砂糖から作った黒蜜で、パンにつけて食べるとおいしいよ、と年輩のご主人は、容れ物の用意のない私にジャムのびんをゆずってくれ、びん一杯百六十円だという。

五十年ほども使い込んだという「さわら」材のひと抱えもある白砂糖を入れる桶の、みごとな艶《つや》をさわりながら、黒砂糖で顔を洗う方法をたずねてみた。

「簡単だよ。こやって」

ご主人は、黒砂糖の塊《かたまり》をガリガリと小刀でけずり、粉にしてみせてくれた。

「水で溶いてあとは洗い粉とおんなじだ」

ご主人も使っているの？

と冗談《じょうだん》を言ったら、

「俺は使わないけど、婆さんが使ってるよ」

奥からおだやかな声で、

「糠《ぬか》とまぜるといいですよ」

うす暗い奥の茶の間に目をこらして、私はアッと声をあげてしまった。

顔立ちも美しいが、色白の肌理《きり》はもっと美しい品のいいひとが笑いかけている。

年を聞いたら七十六。お世辞《せじ》抜きで十五は若い。

広い板の間には、ご主人の昼寝用の籐椅子《とういす》が陣取って、砂糖桶がならぶのは隅の半畳ほどの土間である。正直言って愛想のないガランとした店だが、黒砂糖洗顔の生きた商品見本が坐っているとは、何と味なことではないか。

砂糖の商い一筋の夫。同じ年月だけ黒砂糖で顔を磨いた妻——

羨《うらやま》しさを半分こめてからかったら、

「そういうつもりじゃないよ」

砂糖屋の主人らしく前歯の二、三本欠けている口をあけて飄々《ひょうひょう》と笑ったが、この人も七十九歳。これまた十は若く見える。今からでは遅いかな、と思いながら、ついい黒砂糖を二百グラム買ってしまった。百グラム五十円。私は人形町が好きになってきた。

人形町通りから明治座へ抜ける道を甘酒横丁という。明治の頃、この横丁の入口に甘酒を売る店があったというが、今は和菓子の店、「玉英堂」で、売りものの玉《ぎよく》まんとならべて、パックになった甘酒を売っている。

ついでに人形町の由来をたずねると、寛永十年（一六三三）頃、今の人形町三丁目あたりに市村座と中村座にならんで、人形操りの小屋が六、七軒あった。この人形の製作修理にあたった人形師が住んでいたことから呼ばれるようになったらしい。

もひとつ、ついでに蠣殻町を調べると、これは江戸初期の屋根の材料からきている。牡蠣殻《かきがら》をひいて粉にし、瓦にして屋根としたといい、或《あるい》はただの板ぶき屋根に牡蠣殻をならべたという。

いずれにしても、三百年昔の屋並みや暮しぶりがそのまま町の名前になり、悪名高い新住居標示にも生き残って今日に至っているのは、何とも嬉しい限りである。

不思議なことに、現在人形町には人形をあきなう店は一軒もないが、甘酒横丁には、下町の名ごりを残した店が二、三軒ある。

入ってすぐ左手の「岩井商店」「ばち英《はなぶさ》」がそれである。

「岩井商店」のつづらは注文が殆《ほとん》どで、今から頼んでも出来上りは秋になるそうだが、ズラリとならんだつづらに次々と黒うるしを塗り、天井にぶら下げて乾かしている風景は、ガラス戸越しに拝見するだけで楽しくなる。

「ばち英」は、ばちに限らず、三味線の製作修理専門の、これも古い店。

この道四十年という職人さんが黙々と三味線の皮を張るそばで、ご主人が皮見本を示しながら、ポツリポツリと話してくれる。犬の皮でもいいのだが、大劇場でここ一番というときはやっぱり冴《さ》えて色気のある猫に軍配が上る。三味線の胴は普通はかりんの木だが、四畳半向きの小唄用には桑の木のほうが粋《いき》とされるそうだ。何やら粋な音〆《おとじめ》が聞えてくるようで、無芸がいささか恥ずかしくなった。

この先五十メートルほど行って左側の角に、小さな飾り窓があって千代紙細工がならんでいる。気ぜわしく歩くと見落してしまいそうな浮世離れたしもた屋で、看板も出ていない。てのひらにかくれてしまう小さな屏風《びょうぶ》に五月人形やら芝居の外題が人形仕立てで貼ってある。値段は五百円から千円ちょっと。アパート住まいの友人や長患《ながわずら》いの病人の枕もとに、来年の春にはこの店の雛《ひな》人形の屏風を届けようと、鬼も笑いそうな心づもりをしたりする。

もう少し足をのばすと、やはり左手に臙脂色《えんじいろ》のタイルも美しい建物があって、これが栗田美術館である。

小ぢんまりした陶磁器だけの美術館で、伊万里《いまり》、鍋島の逸品がならんでいる（入場料五百円）。館長の栗田英男氏が、学生時代、人形町に下宿していた頃、夜店で伊万里のとっくりを買ったのが病みつきで、以来四十年。五千点といわれるコレクションのほんの一部を、青春の思い出のこの場所に美術館を建てて展示したわけである。本館は足利にあるそうだが、こけおどかしの大物ではなく、てのひらでいつくしんで集めたと思われる血の通った名品揃《ぞろ》いが嬉しかった。焼きもの好きの方は休館日の月曜をはずしてゆかれることをおすすめする。

人形町の素顔は裏通りにある。

どの路地も掃除が行き届き、出窓や玄関横にならべられた植木は手入れのあとがうかがえる。竹垣には洗った下駄が白い生地を見せて干してある。

赤坂や六本木の、夜はきらびやかだが、昼間通るとゆうべの食べ残しの臓物《ぞうもつ》が路上に溢《あふ》れたいぎたない横丁を見馴《みな》れているせいか、この町の路地は実に清々《すがすが》しい。どの路地にも四季があり、陽が上ると起き、目いっぱい働いて夜は早目に仕舞って寝る律義な人間の暮しを見る思いがした。

小唄や長唄の看板やお座敷洋食の店が目につくのは、芳町《よしちょう》や浜町《はまちょう》の近い土地柄だろうが、粋なくせに、足が地について実《じつ》がありそうに思える。間にはさまる小児科や内科の町医者（こんな言い方をしたくなるほど、つつましい医院が多い）は、夜中でも往診をしてくれそうな門構えである。

犯罪と交通事故の少ない町だと聞いていたが、たしかに軒と軒がくっつきあって、隣りのおみおつけの実《み》まで判ってしまうあけっぴろげの暮しの中では、過激派も爆弾は作りにくいだろう。

そういえば、ある商店の若旦那が言っていた。

「小学生の時、必ずクラスに二、三人お妾《めかけ》さんの子や芸者の下地っ子がいた。身なりがよく体操を休んだりしたけれど、誰もいじめたりしなかった。そういうことが当り前の土地柄なんですね」

こういう路地の中に、「ちまきや」がある。

浅草と私との間には……

小沢昭一

おざわ・しょういち
1929年、東京生まれ。俳優、随筆家、芸能研究家。1951年俳優座公演で初舞台。以降、新劇、映画、テレビ、ラジオと幅広く活躍する一方、民俗芸能研究に尽力し、「日本の放浪芸」シリーズの製作で芸術選奨新人賞受賞。2012年死去。

浅草生まれでも浅草育ちでもない私は、浅草にとって、いわばヨソモノである。私は東京も場末の写真屋の小伜《こせがれ》で、代田橋、日暮里、高円寺、蒲田、池袋など、東京旧市内の外側の、当時の新開地ばかりをへめぐって育ってきた。親に連れられて何度か浅草へ遊びにきてはいるが、記憶はぼんやりしている。

私が浅草にあこがれ、通いはじめたのは戦後である。つまり私が色気づいてからだ。やがて私の未熟だった精神は、浅草のストリップと吉原や鳩の街や玉の井によって育まれ、青春時代の人間形成が果たされた、と冗談でなく本当に私はそう思っている。だから、私の「心のふるさと」は浅草である。

今でも浅草の街へまぎれこむと、私の心はじんわりと休まるので、少しでもひまがあると、私は渋谷も新宿も、六本木・赤坂も、銀座も通り越して浅草へとんで来てしまう。〝色〟のほうは、浅草も私もだいぶ衰えたが、浅草には、うまいものを安く食べさせる店が多いし、散歩していても、私好みの観るもの買うものに不自由しない。浅草寺《せんそうじ》界隈だけでなく、足をのばして言問橋の方まで、あるいは三ノ輪まで、または川を渡って向島、そして帰りがてらに上野までか、浅草橋まで、寺町を歩いて墓を見るのも、若い時からの私の楽しみだった。永井荷風の『日和下駄』の感化も大いにある。

浅草には川がある。

東京にも昔は川が縦横に流れていたが、バカが寄ってたかって埋めつくし、みんな道路にしてしまった。日本中で東京だけだろう川を失ってしまった町は。

人間がかつて川のほとりに住みついたのは、生活上の便宜だけではなかったろう。人間の心が、本来、川を求めているに違いあるまい。人と川を結びつける宗教的な習俗も多いが、「行く河の流れは絶えずして、しかも元の水にあらず……世の中にある人と栖《すみか》とまたかくの如し」と、われわれは川に心を反映させ、〽水の流れを見て……暮してきたのである。


川を渡る風は、また四季の訪れを街へ伝えてきた。

夏は冷房、冬は暖房完備の現代都会生活のなかで、浅草には四季折々の風が通りぬけ、初詣からお酉さままで、季節のうつろいをこの街で感じとることが出来る。


浅草の路地、横丁には、まだ人間のぬくもりが漂う。

夕暮れ、浅草の街から隅田川沿いに行った橋場あたりの、とある横丁を歩いていたら、小学校五、六年の子供たちが、路地いっぱいにころげまわって遊んでいた。

近頃、子供が泥だらけになって日暮れまで遊んでいるという光景も珍らしかったが、そのうち、一軒の家の台所とおぼしき窓から「○夫ッ、ゴハンだよオー」の声がきこえてきた。ただそれだけのシーンに、私は一瞬キューンと胸がしめつけられた。私たちの、かつての町の暮らしの一コマがそこに残っていたことへの郷愁……というより、それは感動であった。

浅草の空は広い。

歩いて行く目の高さのすぐ上から空がある。もう浅草にこれ以上ビルが建ってほしくない。銀座風、新宿風の街にだけはなって下さいますな。もっと言わせてもらえるなら、浅草は町全体で〝生きている明治村〟になってほしい。町民こぞって木造家屋に和服で暮らす……なんていうことをやってもらいたい。ヨソモノが勝手なことを！　というのなら、不肖私、浅草に移り住んで〝浅草明治村〟の妓楼で、「チョイト様子のいい旦那、お話だけ！」ってな仕事をやらせていただきたい。

浅草の人々は美しく住んでいる。

ついこの間の朝、観音さま近くの横丁へ入って行ったら、どの家の前も道がきれいに掃かれ水がまかれてあった。ちかごろ、そういうスガスガしい家並をあまり見なくなっていたので、すっかりウレシクなった。私も子供の時分、よくおやじから、表を掃除しろ、お隣りのぶんもやっとけ、などと言われたものだが、一時代前までは、自分の家の前の路を清掃するのは、町中に住む者のごく自然な暮らしの習慣であった。

そういう家並の、入口のあたりや窓の外、あるいは屋根の上には、鉢植えが並んでいる。庭をとりにくい下町では路が庭なのであろう、みんな緑を大切にし、いつくしんでいる。またその緑は木造家屋の板目とよく似合う。戸口の柱や桟《さん》は水でよくふき込まれてあって、木目がくっきりと美しい。あの美しさは、消費文化とは正反対の、物を大切にする美しさだ。

新宿などは横丁が汚い。とくに朝はゴミの山だ。盛り場の一軒一軒に主人も使用人も住んでいないのだから朝は無人の死の街だ。しかし、浅草でも〝オヤジ〟の通ってくる店が、いまや少しずつ増えているという。世の中なにもかもサラリーマン風、ホワイトカラー一色に画一化され、商人は商人の、職人は職人の暮らし方を、独特の美感覚で支えながら守って行こうという時代ではなくなったようである。

しかし、便利一辺倒の文明が、人間の暮らしをかえって貧しいものにしてしまったことにみんなが気がつきはじめた。私は、チンチン電車どまりの便利さの方が、文明と人間生活との調和が程よくとれていて、人の心は快適なのだと信じこんでいる。はやいはなし、新幹線も電気洗濯機もテレビも要らないのではないか。……となると、せめて上野から雷門まで、あの都電は残しておくべきだった。

江戸時代から明治へかけて、猿若町や吉原が江戸文化の中心であったように、そして大正から昭和にかけて、オペラやレビューのモダン浅草が、ちょうど今の新宿、渋谷のごとく文化の先端を走っていたように、さらに戦後のストリップが、新時代の解放の文字どおり象徴であったように、いま浅草は、浅草に残る古風な暮らし、心意気を、むしろ新しい世紀の新しい生き方と考え、便利文明打倒の拠点となって時代の先取りをしなければならぬ。

……と妙にリキんで演説調になって来たところで、ここでハタと筆が止まる。

ひょっとすると——

かんじんの浅草が、そんなことを望んでいないのではないか。

浅草は、時代の変革をリードする役割を、もう終えたと思っているのではないか。

だいいち、もともと「変革」なんて、お気に召さないのではないか。

何年か前の参議院選挙の時、立候補者野坂昭如の選挙カーに乗って、私は応援の叫び声をあげながら新宿、渋谷方面より浅草へ入って行った。高速道路を出て橋を渡ったとたん、全く別の国へでも来たかのように、町の人々の反応は冷淡になり、冷淡どころか、野坂の名前すら知らないような手ごたえのなさに、私はガクゼンとした。そして、その反応どおりに、野坂は下町の固定票を切りくずせなかった。

いえ、野坂に票を入れないようでは困ると言いたいわけではない。私の支持した、その考え方に大いに共鳴した候補者が、これまた私の尊敬おくあたわざる浅草から、総スカンに等しい仕打ちをうけたことが、私としては、ユユシキ大問題として引っかかり、それが今でもそのままになっている。

野坂の歌ではないが、私と浅草の間には、「深くて暗い河がある」のであろうか。

やっぱり、私はヨソモノなのであろうか。

でも、それでも――

私は浅草が好きだ。「深くて暗い河」を「エンヤコラ今夜も舟を漕いで」、私は浅草へ行く。「ローアンドロー」である。

隅田川をはさんだ対岸、向島の川っぺりの寺が気に入って、私はそこに自分の墓を立て、永遠の栖《すみか》ときめた。私の墓から私のヒトダマがピョンとはねれば、浅草の灯が見えるようにである。私は、だから永久に浅草のそばにいる。

川ひとつへだてたところが、ミソなのかもしれない。

日和下駄

永井荷風

ながい・かふう
1879年東京生まれ。作家。代表作に『ふらんす物語』『濹東綺譚』『つゆのあとさき』『断腸亭日乗』など。本編が収録された『日和下駄』は散歩随筆の名作として後世に影響を与えた。1959年死去。52年文化勲章受章。

人並はずれて丈《せい》が高い上にわたしはいつも日和下駄《ひよりげた》をはき蝙蝠傘《こうもりがさ》を持って歩《ある》く。いかに好《よ》く晴れた日でも日和下駄に蝙蝠傘でなければ安心がならぬ。此《これ》は年中湿気《しっけ》の多い東京の天気に対して全然信用を置かぬからである。変り易いは男心に秋の空、それにお上《かみ》の御政事《おせいじ》とばかり極《きま》ったものではない。春の花見頃午前《ひるまえ》の晴天は午後《ひるすぎ》の二時三時頃からきまって風にならねば夕方から雨になる。梅雨《つゆ》の中《うち》は申すに及ばず。

土用に入《い》ればいついかなる時驟雨沛然《しゅううはいぜん》として来《きた》らぬとも計《はか》りがたい。尤《もっと》もこの変り易い空模様思いがけない雨なるものは昔の小説に出て来る才子佳人が割《わり》なき契《ちぎり》を結ぶよすがとなり、又今の世にも芝居のハネから急に降出す雨を幸いそのまま人目をつつむ幌《ほろ》の中《うち》、しっぽり何処《どこ》ぞで濡れの場を演ずるもの亦《また》無きにしもあるまい。閑話休題《それはさておき》日和下駄の効能といわば何ぞ夫《それ》不意の雨のみに限らんや。天気つづきの冬の日と雖《いえども》山の手一面赤土を捏返《こねかえ》す霜解《しもどけ》も何のその。アスファルト敷きつめた銀座日本橋の大通《おおどおり》、矢鱈《やたら》に溝《どぶ》の水を撒《ま》きちらす泥濘《ぬかるみ》とて一向《いっこう》驚くには及ぶまい。

私《わたし》はかくの如く日和下駄をはき蝙蝠傘を持って歩く。

市中《しちゅう》の散歩は子供の時から好きであった。十三四の頃私の家《うち》は一時《いちじ》小石川《こいしかわ》から麹町永田町《こうじまちながたちょう》の官舎へ引移《ひきうつ》った事があった。勿論《もちろん》電車のない時分である。私は神田錦町《かんだにしきちょう》の私立《しりつ》英語学校へ通《かよ》っていたので、半蔵御門《はんぞうごもん》を這入《はい》って吹上御苑《ふきあげぎょえん》の裏手なる老松鬱々たる代官町《だいかんちょう》の通《とおり》をばやがて片側に二の丸三の丸の高い石垣と深い堀とを望みながら竹橋《たけばし》を渡って平川口《ひらかわぐち》の御城門《ごじょうもん》を向うに昔の御搗屋《おつきや》今の文部省《もんぶしょう》に沿うて一ツ橋《ひとつばし》へ出る。この道程《みちのり》もさほど遠いとも思わず初めの中《うち》は物珍しいので却《かえっ》て楽しかった。其《そ》の頃その宮内省《くないしょう》裏門の筋向《すじむこう》なる兵営に沿うた土手の中腹に大きな榎《えのき》があった。

木蔭《こかげ》なる土手下の路傍《みちばた》に井戸があって夏冬ともに甘酒大福餅稲荷鮓飴湯《あまざけだいふくもちいなりずしあめゆ》なんぞ売るものがめいめい荷を卸して往来《ゆきき》の人の休むのを待っていた。車力《しやりき》や馬方《うまかた》が多い時には五人も六人も休んで飯をくっている事もあった。これは竹橋の方から這入《はい》って来ると御城内代官町《ごじようないだいかんちよう》の通《とおり》は歩くものにはそれ程《ほど》に気がつかないが車を曳《ひ》くものには限りも知れぬ長い坂になっていて、丁度此《ちようどこ》の辺《へん》がその中途《ちゆうと》に当っているからである。東京の地勢はかくの如く漸次《ぜんじ》に麴町四谷《よつや》の方へと高くなっているのである。夏の炎天には私も学校の帰途《かえりみち》井戸の水で車力や馬方と共に手拭《てぬぐい》を絞って汗を拭き、土手の上に登って大榎の木蔭に休んだ。土手には其の時分から既に「昇《ノボ》ル可《ベ》カラズ」の立札《たてふだ》が付物《つきもの》になっていたが構わず登れば堀を隔てて遠く町が見える。かくの如き眺望《ちようぼう》は敢《あえ》てここのみならず、外濠《そとぼり》の松蔭《まつかげ》から牛込《うしごめ》小石川の高台を望むと同じく先《ま》ず東京中《ちゆう》での絶景であろう。

私は錦町からの帰途桜田御門《さくらだごもん》の方へ廻ったり九段の方へ出たりいろいろ遠廻りをして目新しい町を通って見るのが面白くてならなかった。然《しか》し一年ばかりの後途《のち》中の光景にも少し飽《あ》きて来た頃私の家《うち》は再び小石川の旧宅に立戻《たちもど》る事になった。其の夏始めて両国《りようごく》の水練場《すいれんば》へ通いだしたので、今度は繁華の下町《したまち》と大川筋《おおかわすじ》との光景に一方《ひとかた》ならぬ興《きよう》を催すこととなった。

今日《こんにち》東京市中の散歩は私の身に取っては生れてから今日に至る過去の生涯に対する追憶の道を辿《たど》るに外ならない。之《これ》に加うるに日々《にちにち》昔ながらの名所古蹟を破却《はきやく》して行く時勢の変遷は市中の散歩に無常悲哀の寂しい詩趣を帯びさせる。およそ近世の文学に現《あらわ》れた荒廃の詩情を味《あじわ》おうとしたら埃及伊太利《エジプトイタリー》に赴かずとも現在の東京を歩むほど無残にも傷《いた》ましい思《おもい》をさせる処はあるまい。今日看《きようみ》て過ぎた寺の門、昨日《きのう》休んだ路傍《ろぼう》の大樹も此《この》次再び来る時には必《かならず》貸家か製造場《せいぞうば》になって居るに違いないと思えば、それほど由緒《ゆかり》のない建築も又はそれほど年経《としへ》ぬ樹木とても何とはなく奥床《おくゆか》しく又悲しく打仰《うちあお》がれるのである。

一体江戸名所には昔から其《そ》れほど誇るに足るべき風景も建築もある訳ではない。既に宝晋斎其角《ほうしんさいきかく》が類柑子《るいこうじ》にも「隅田川絶えず名に流れたれど加茂桂《かもかつら》よりは賤《いや》しくして肩落《かたおち》したり。山並《やまなみ》もあらばと願はし。目黒《めぐろ》は物ふり山坂《やまさか》おもしろけれど果てしなくて水遠し、嵯峨《さが》に似てさみしからぬ風情《ふぜい》なり。王子《わうじ》は宇治《うぢ》の柴舟のしばし目を流すべき島山《しまやま》もなく護国寺《ごこくじ》は吉野《よしの》に似て一目《ひとめ》千本の雪の曙《あけぼの》思ひやらるゝにや爰《ここ》も流《ながれ》なくて口惜《くちお》し。住吉を移奉《うつしまつ》る佃島《つくだじま》も岸の姫松の少《すくな》きに反橋《そりばし》のたゆみをかしからず宰《さい》都《と》府《ふ》は崇《あが》め奉《たてまつ》る名のみにして染川《そめかは》の色に合羽《かつぱ》ほしわたし思河《おもひかは》のよるべに芥《あくた》を埋《うづ》む。都府楼《ふろう》観音寺《くわんおんじ》唐絵《からゑ》と云はんに四ツ目の鐘の裸《はだか》なる、報恩寺《はうおんじ》の甍《いらか》の白地《しらぢ》なるぞ屏風《びやうぶ》立てしやうなり。木立《こだち》薄く梅紅葉《うめもみぢ》せず、三月の末藤にすがりて回廊に筵《むしろ》を設くるばかり野には心もとまらず……云々《うんぬん》。」そして其角《きかく》は江戸名所の中《うち》唯ひとつ無疵《むきず》の名作は快晴の富士ばかりだとなした。これ恐らくは江戸の風景に対する最《もつと》も公平なる批評であろう。江戸の風景堂宇には一として京都奈良に及ぶべきものはない。それにも係《かかわ》らず此の都会の風景は此の都会に生れたるものに対して必ず特別の興趣を催させた。それは昔から江戸名所に関する案内記狂歌集絵本の類《たぐい》の夥《おびただ》しく出板《しゆつぱん》されたのを見ても容易に推量する事が出来る。太平の世の武士町人は物見遊山を好んだ。花を愛し、風景を眺め、古蹟を訪《と》う事は即ち風流な最も上品な嗜《たしな》みとして尊ばれていたので、実際には其程《それほど》の興味を持たないものも、時には此《これ》を衒《てら》ったに相違ない。江戸の人が最も盛に江戸名所を尋ね歩いたのは私の見る処矢張《やはり》狂歌全盛の天明《てんめい》以後であったらしい。江戸名所に興味を持つには是非《ぜひ》とも江戸軽文学の素養がなくてはならぬ。一歩を進むれば戯作者気質《げさくしやかたぎ》でなければならぬ。

　此頃《このごろ》私が日和下駄をカラカラ鳴《なら》して再び市中の散歩を試み初めたのは無論江戸軽

文学の感化である事を拒《こば》まない。然《しか》し私の趣味の中《うち》には自《おのずか》らまた近世ヂレッタンチズムの影響も混《まじ》っていよう。千九百五年巴里《パリー》のアンドレエ・アレエという一新聞記者が社会百般の現象をば芝居でも見る気になって此《これ》を見物して歩いた記事と、又仏国各州の都市古蹟を歩廻《あるきまわ》った印象記とを合せてEn Flanant《アンフラアナン》と題するものを公《おおやけ》にした。その時アンリイ・ボルドオという批評家が此を機会としてヂレッタンチズムの何たるかを解剖批判した事があった。茲《ここ》にそれを紹介する必要はない。私は唯《ただ》西洋にも市内《しない》の散歩を試み、近世的世相と並んで過去の遺物に興味を持った同じような傾向の人が居た事を断《ことわ》って置けばよいのである。アレエは西洋人の事故《ことゆえ》その態度は無論私ほど社会に対して無関心でもなく又肥遯的《ひとんてき》でもない。これは其の本国の事情が異《ことな》っているからであろう。彼は別に為すべき仕事がないから已《や》むを得ず散歩したのではない。自《みずか》ら進んで観察しようと企《くわだ》てたのだ。然るに私は別に此と云ってなすべき義務も責任も何にもない云わば隠居同様の身の上である。その日その日を送るに成《な》りたけ世間へ顔を出さず金を使わず相手を要せず自分一人で勝手に呑気《のんき》にくらす方法をと色々考案した結果の一ツが市中のぶらぶら歩きとなったのである。

仏蘭西《フランス》の小説を読むと零落《おちぶ》れた貴族の家《いえ》に生れたものが、僅少《わずか》の遺産に自分の身だけはどうやらこうやら日常の衣食には事欠かぬ代《かわ》り、浮世の楽《たのしみ》を余所《よそ》に人交《ひとまじわ》りもできず、一生涯を果敢《はか》なく淋しく無為無能に送るさまを描《えが》いたものが沢山ある。こういう人達は何か世間に名をなすような専門の研究をして見たいにも其れ丈《だけ》の資力がなし職業を求めて働《はたら》きたいにも働く口がない。せん方なく素人画《しろうとえ》をかいたり釣をしたり墓地を歩いたりして成《な》りたけ金のいらない様《よう》な其の日の送方《おくりかた》を考えている。私の境遇はそれとは全く違う。然しその行為とその感慨とは稍《やや》同じであろう。日本《にほん》の現在は文化の爛熟してしまった西洋大陸の社会とはちがって資本の有無《うむ》に係《かかわ》らず自分さえやる気になれば為すべき事業は沢山ある。男女烏合《だんじょうごう》の徒《と》を集めて芝居をしてさえ若《も》し芸術の為めというような名前を付けさえすれば其れ相応《そうおう》に看客《かんきゃく》が来《く》る。田舎《いなか》の中学生の虚栄心を誘出《さそいだ》して投書を募《つの》れば文学雑誌の経営も亦《また》容易である。慈善と教育との美名の下《もと》に弱い家業《かぎょう》の芸人をおどしつけて安く出演させ、切符の押売りで興行をすれば濡手《ぬれて》で粟《あわ》の大儲《おおもうけ》も出来る。富豪の人身攻撃から段々に強面《こわもて》の名前を売り出し懐中《ふところ》の暖くなった汐時《しおどき》を見計《みはから》って妙に紳士らしく上品に構えれば、やがて国会議員にも成れる世の中。現在の日本ほど為すべき事の多くして而も容易な国は恐らくあるまい。然しそういう風な世渡りを潔《いさぎよ》しとしないものは宜《よろ》しく自ら譲って退くより外《ほか》はない。市中の電車に乗って行先《ゆくさき》を急ごうというには乗換場《のりかえば》を過《すぎ》る度《たび》毎《ごと》に見得《みえ》も体裁《ていさい》もかまわず人を突き退《の》け我武者羅《がむしゃら》に飛乗る蛮勇《ばんゆう》がなくてはならぬ。自らその蛮勇なしと省《かえり》みたならば徒《いたずら》に空《す》いた電車を待つよりも、泥亀《どろがめ》の歩《あゆ》み遅々《ちち》たれども、自動車の通らない横町《よこちょう》或は市区改正の破壊を免《まぬか》れた旧道をてくてくと歩くに如《し》くはない。市中の道を行くには必しも市設の電車に乗らねばならぬと極《きま》ったものではない。いささかの遅延を忍べばまだまだ悠々として濶歩すべき道はいくらもある。それと同じように現代の生活は亜米利加風《アメリカふう》の努力主義を以てせざれば食えないと極《きま》ったものでもない。髯《ひげ》を生《はや》し洋服を着てコケを脅《おど》そうという田舎紳士風の野心さえ起さなければ、よしや身に一銭の蓄《たくわえ》なく、友人と称する共謀者、先輩若《も》しくは親分と称する阿諛《あゆ》の目的物なぞ一切皆無《かいむ》たりとも、猶優游自適《なおゆうゆうじてき》の生活を営《いとな》む方法は尠《すくな》くはあるまい。同じ露店の大道商人となるとも自分は髭を生《はや》し洋服を着て演《えん》舌口調《ぜっくちょう》に医学の説明でいかさまの薬を売ろうより寧黙《むしろもく》して裏町の縁日にボッタラ焼《やき》をやくか糝粉細工《しんこざいく》でもこねるであろう。苦学生に扮装した此《この》頃の行商人が横風《おうふう》に靴音高くがらりと人の家《うち》の格子戸《こうしど》を明け田舎訛《なま》りの高声《たかごえ》に奥様はおいでかなぞと、稍《やや》ともすれば強請《ゆすり》がましい凄味な態度を示すに引き比べて昔ながらの脚半草鞋《きゃはんわらじ》に菅笠《すげかさ》をかぶり孫太郎虫《まごたろうむし》や水蠟《いぼた》の虫箱根山山椒《むしはこねやまさんしょ》の魚《うお》、または越中富山《えっちゅうとやま》の千金丹《せんきんたん》と呼ぶ声。秋の夕《ゆうべ》や冬の朝《あした》なぞ此の声を聞けば何《なに》とも知れず悲しく淋しい気がするではないか。

されば私のてくてく歩きは東京という新しい都会の壮観を称美して其の審美的価値を論じようというのでもなく、さればとて熱心に江戸なる旧都の古蹟を探《さぐ》り此《こ》れが保存を主張しようという訳でもない。如何《いかん》となれば現代人の古美術保存という奴が抑《そもそ》も古美術の風趣を害する原因で、古社寺の周囲に鉄の鎖を張りペンキ塗の立札に例の何々《なになに》ス可《べか》ラズをやる位ならまだしも結構。古社寺保存を名とする修繕の請負工事などと来ては、是《こ》れ全《まった》く破壊の暴挙に類する事は改めてここに実例を挙げるまでもない。それ故私は唯《ただ》目的なくぶらぶら歩いて好勝手《すきかって》なことを書いていればよいのだ。家《うち》にいて女房《にょうぼ》のヒステリイ面《づら》に浮世をはかなみ、或は新聞雑誌の訪問記者に襲われて折角掃除《そうじ》した火鉢を敷島《しきしま》の吸殻だらけにされるより、暇があったら歩くにしくはない。歩け歩けと思って、私はてくてくぶらぶらのそのそといろいろに歩き廻るのである。

元来が此《かく》の如く目的のない私の散歩に若《も》し幾分でも目的らしい事があるとすれば、それは何《なん》という事なく蝙蝠傘に日和下駄を曳摺《ひきず》って行く中《うち》、電車通の裏手なぞにたまたま残っている市区改正以前の旧道に出たり、或は寺の多い山の手の横町《よこちょう》の木立を仰ぎ、溝《どぶ》や堀割の上にかけてある名も知れぬ小橋を見る時なぞ、何となく其のさびれ果てた周囲の光景が私の感情に調和して少時《しばし》我にもあらず立去りがたいような心持をさせる。そういう無用な感慨に打たれるのが何より嬉しいからである。

同じ荒廃した光景でも名高い宮殿や城郭ならば三体詩《さんたいし》なぞで人も知っているように、太掖勾陳処処ニ疑フ。薄暮ノ毀垣春雨ノ裏。或はまた、煬帝ノ春游古城在。壊宮芳草満ッ二人家一ニ。などと詩にも歌にもして伝えることができよう。

然し私の好んで日和下駄を曳摺《ひきず》る東京市中の廃址は唯《ただ》私一個人にのみ興趣を催させるばかりで容易に其の特徴を説明することの出来ない平凡な景色である。譬《たと》えば砲兵工廠の煉瓦塀にその片側を限られた小石川の富坂《とみざか》をばもう降尽《おりつく》そうという左側に一筋の溝川《みぞかわ》がある。その流れに沿うて蒟蒻閻魔《こんにゃくえんま》の方へと曲って行く横町なぞ即《すなわち》その一例である。両側の家並《やなみ》は低く道は勝手次第に迂っていて、ペンキ塗の看板や模造西洋造りの硝子戸《ガラスど》なぞは一軒も見当らぬ処から、折々《おりおり》氷屋の旗なぞの閃《ひらめ》く外《ほか》には横町の眺望に色彩というものは一ツもなく、仕立屋《したてや》芋屋駄菓子屋《だがしや》挑灯屋《ちょうちんや》なぞ昔ながらの職業《なりわい》に其の日の暮しを立てている家《うち》ばかりである。私は新開町《しんかいまち》の借家《しゃくや》の門《かど》口《ぐち》によく何々商会だの何々事務所なぞという木札《きふだ》のれいれいしく下げてあるのを見ると、何という事もなく新時代のかかる企業に対して不安の念を起すと共に、其の主謀者の人物についても甚しく危険を感ずるのである。それに引《ひき》かえて斯《こ》う云う貧しい裏町に昔ながらの貧しい渡世《とせい》をしている年寄《としより》を見ると同情と悲哀とに加えて又尊敬の念を禁じ得ない。同時にこういう家《うち》の一人娘《ひとりむすめ》は今頃周旋屋《しゅうせんや》の餌《えば》になってどこぞで芸者でもしていはせぬかと、そんな事に思到《おもいいた》ると相も変らず日本固有の忠孝の思想と人身売買の習慣との関係やら、つづいて其の結果の現代社会に及ぼす影響なぞについていろいろ込み入った考えに沈められる。

つい此間《このあいだ》も麻布網代町《あざぶあみしろちょう》辺《へん》の裏町を通った時、私は活動写真や国技館や寄席《よせ》なぞのビラが崖地《がけち》の上から吹いて来る夏の風に翻《ひるがえ》っている氷屋の店先《みせさき》、表から一目に見通される奥の間で十五六になる娘が清元《きよもと》をさらっているのを見て、いつものようにそっと歩《あゆみ》を止《と》めた。私は不健全な江戸の音曲《おんぎょく》というものが、今日《こんにち》の世にその命脈を保っている事を訝《いぶか》しく思うのみならず、今もって其の哀調がどうしてかくも私の心を刺戟するかを不思議に感じなければならなかった。何気なく裏町を通りかかって小娘の弾《ひ》く三味線に感動するようでは、私は到底世界の新しい思想を迎える事は出来まい。それと共に又この江戸の音曲をばれいれいしく電気燈の下《した》で演奏せしめる世俗一般の風潮にも伴《ともな》って行く事は出来まい。私の感覚と趣味と又思想とは、私の境遇に一大打撃を与える何物かの来らざる限り、次第に私をして固陋偏狭《ころうへんきょう》ならしめ、遂には全《まった》く世の中から除外されたものにしてしまうであろう。私は折々《おりおり》反省しようと力《つと》めても見る。同時に心柄《こころがら》なる身の末は一体どんなになってしまうものかと、寧《いっそ》放擲《ほうてき》して自分の身をば他人のように其の果敢《はか》ない行末に対して皮肉な一種の好奇心を感じる事すらある。自分で己れの身を抓《つね》ってこの位《くらい》力を入れれば成程この位痛いものだと独りでいじめて独りで涙ぐんでいるようなものである。或時は表面に恬淡《てんたん》洒脱《しゃだつ》を粧《よそお》っているが心の底には絶えず果敢《はかな》いあきらめを宿している。これが為めに「涙でよごす白粉《おしろい》の其の顔かくす無理な酒」というような珍しくもない唄が、聞く度毎に私の心には一種特別な刺戟を与える。私は後《うしろ》から勢《いきおい》よく襲い過ぎる自動車の響に狼狽して、表通《おもてどおり》から日の当らない裏道へと逃げ込み、そして人に後《おく》れてよろよろ歩《あゆ》み行く処に、わが一家《いっか》の興味と共に苦しみ、又《また》得意と共に悲哀を見るのである。

散歩みち

筒井康隆

つつい・やすたか
1934年大阪生まれ。作家。1960年SF同人誌「NULL」を創刊。87年『夢の木坂分岐点』で谷崎潤一郎賞受賞、2017年『モナドの領域』で毎日芸術賞ほか受賞多数。代表作に『時をかける少女』『家族八景』『文学部唯野教授』など。

「だんしゃくは、いつも　ごちそうを　たべては、てきとうな　さんぽを　しました。そのために　おなかが　すいて、また　ごちそうを　たべました。だんしゃくは　たちまちのうちに、でっぷりと　ふとって　しまいました」なんという本だったか忘れたが、子供のころ読んだ絵本に、そんな一節があった。絵は、ビヤ樽《だる》のように肥ったヨーロッパの貴族が、自分の領地らしい田園を散歩している場面である。

男爵の醜《みにく》い赤ら顔のせいで、そのページだけは今でも鮮明に記憶している。

だからぼくは今でも、適当な散歩というのがあまり好きではない。あのように醜くなりたくないという気持が、いちいち絵を思い出さずとも、どこかに残っているのだろう。

歩いて二十分で、海岸へ出る。今は海を見るために行くわけだが、夏になれば泳ぐために行くわけである。泳ぐというのは過激な運動に近いから、適当な散歩にはならない。

家を出て五十メートルほどの山手には、八幡神社がある。仕事に疲れた時は、よくここへ子供をつれて遊びにくる。広い境内の中には、さらに数十段の石段の上にお稲荷さんがあるし、木も多いから、ぼくはここを子供といっしょに走りまわる。もちろん、「適当な散歩」にならないようにするためである。

あの彼らの声を

堀江敏幸

ほりえ・としゆき
1964年岐阜生まれ。作家。『おぱらばん』で三島由紀夫賞、『熊の敷石』で芥川賞、『その姿の消し方』で野間文芸賞ほか受賞多数。著書に『いつか王子駅で』『彼女のいる背表紙』『音の糸』『曇天記』『中継地にて - 回送電車VI』ほか。

最初に彼らと遭遇したのは、二十世紀末の、とある冬のことだった。昼間、散歩の途中でなにも知らずに通った宅地のあいだの細い道の一部が、奇妙な塗料で白く舗装されていた。車線や横断歩道に示すのと、色調も盛りあがり方もちがっている。よくよく見ると、ルオーの油彩よりも厚く塗られた、灰白色の鳥の糞だった。周辺にはまだ豊かな緑があり、止まり木にするのにおあつらえ向きな電線が縦横に走っている。最も高くなっている山は、大きな屋敷の門のすぐ前にあった。公道とはいえ、片づけは家の人がやるのだろうか。

ほどなくして、紅と青の入り混じる夕暮れの空に、椋鳥の群れを目撃するようになった。高台から眺め下ろすと、わざわざ実機を飛ばして撮影したという戦争映画の場面にそっくりな十数羽の編隊があちこちから音もなく飛来して、黒いシーツのような大編隊を組みあげていく。機銃を持たない戦隊は、やがて屹立する欅の枝々と闇にまぎれた。居場所を確保できなかった鳥たちは、複数の電線を横一列に支配して、薄闇の空に十六分の音符と休符を交互に描きだす。一帯が、楽器というにはあまりに不揃いな拡声器に変貌し、甲高い鳴き声を響かせた。人によっては、おそらく騒々しいと感じるたぐいの音だ。声に満ちた上空からは、白い排泄物もふんだんに落ちているだろう。

数年経ったある日、音源の一つになっている欅の下の歩道が、すっかりさま変わりしていることに気づいた。鳥たちを寄せ付ける大木の枝が切り落とされていたのだ。暮れ方の空の影が消えて、滝音も静まった。不思議なことに、椋鳥の消滅にともなって、人の姿も、話し声も減った。たまに通る車の音しか聞こえない状態を、はたして真の意味での平穏と呼びうるのかどうか、私にはわからない。自然は多くを教えてくれる。そして、その教えを生かし損なったとき、自身の愚かさに打ちのめされる。飛行中の鳥たちの美しい姿が不穏な戦闘機に重なり、排泄物が爆弾に見えてくるとしたら、これほど不幸なことはない。

夕刻、群れの消えた木々の下を歩くと、そこにはいない彼らの鳴き声が聞こえてくる。あの声を知らなかったら、幻聴もなかっただろう。幻は本物を知っている者だけに許された贅沢の証なのだ。それが忌まわしい記憶に育つ気配は、まだない。

散歩

谷川俊太郎

たにかわ・しゅんたろう
1931年東京生まれ。詩人。1952年初の詩集『二十億光年の孤独』を発表。『世間知ラズ』で萩原朔太郎賞、『トロムソコラージュ』で鮎川信夫賞受賞ほか受賞多数。詩のほか絵本や童話、翻訳、作詞など多岐にわたり活躍。2024年死去。

夕暮の街はにぎやかだった。男たちはまだ仕事をしていたが、彼等はもうそろそろ腹を空かし始めている。女たちは晩飯の仕度に忙しいので、自分たちの男のことを思い出す暇がない。だが若い連中はまた別だ。三階建のアパートの窓のひとつに、今、灯がついた。薄茶色のカーデイガンをひっかけて、彼女は何やら刻みものを始める。彼女はまだ若い、三月前に結婚したばかりだ。だから彼女の顔は、まだ倦怠から無埃だ。

幾棟も幾棟もアパートは並んでいる。それらの窓のひとつひとつに、私は女の顔を見る。男たちは皆、彼女等をたよりにしている。彼女等のエプロンを、匂いのする髪を、暖い胸をたよりにして、男たちは働いている。そうして沢山のアパートの窓のひとつひとつに、女たちは待っている、男を。彼女等のやさしさと暖かさと、意地悪さと頼りなさのすべてをあげて、女たちは待っている。

小さな路地の間を、子供たちは走り廻って遊んでいる。小さな女の子が、自分と同じ位の仔猫を不器用に抱いて、覚束なげにやってくる。いたずら小僧が問いかける。

「その猫どうしてひもくっつけないんだい。」仔猫も女の子も心細げに黙っている。

「一寸貸してみな。尻尾にアキカンぶらさげんだから。」女の子は自分の親友を必死にかばう。うまい工合に丁度その時、豆腐屋さんが、呑気な笛を鳴らしてやってくる。いたずら小僧は、「よう、小父さん、その笛吹かしてくれよう。」と叫びながら、そのあとについて行ってしまう。

その辺りは焼け残った一画だった。せまい路地がくねくねと続いていて、さんまを焼く匂いなどにつられてそれをたどってゆくと、いつの間にか、行き止まりになっていたりする。腰のまがったおじいさんが、夕闇に白ステテコ姿で、じっとこちらの方をうかがっていたりする。そんな時、どこか遠くの方で、生き残りのツクツク法師が、かすかに鳴き続けている。

新しい家がある。蝶々のような形のテレヴィアンテナが立っている。芝生の美しい庭に、三輪車と如露が出し放しになっている。二階の書斎からは、網戸ごしにほのかな光がもれている。

古い家がある。鉢植えの草花がいくつか、二階の手すりに出ている。古びた籐椅子がひとつ硝子戸のむこうに見える。ラジオから、誰やらのアンプロンプテュが聞こえてくる。中学生が一人、生真面目に歩いてきて、くぐり戸を開ける。

ある家には、知人と同じ名の標札がかかっている。〈これが、あの人の家なのかな。名刺にはこのあたりの住所だったろうか〉私はふと立ち止まって、ひそかにその家の様子などうかがったりする。と突然台所から、若い女が顔を出して、ごみを捨てる。〈奥さんかな〉そのひとはちらとこちらをふり向いて、またすぐ戸を閉めてしまう。夕もやが少しずつ濃くなってくる。

小さな路を、あてずっぽうに歩いていると、突然またにぎやかな表通りに出てしまう。自動車の排気ガスの匂いが立ちこめている。明るい本屋の店先で、子供等が漫画の立ち読みをしている。バスの停留所に、私はふと大層美しいひとを見つける。初秋のために、そのひとは地味なえんじ色のスーツを着ている。そのひと自身が紅葉したかのようだ。白いハイヒールをはいた形のいい脚をやや開いて、佇んでいる。私は新鮮な夢をのぞきこんだような気持になる。その時、色とりどりの灯をつけた下町行きのバスが着く。私はまた、ふとその下町あたりのネオンサインのあふれた色や、喫茶店の薄暗い雰囲気やを思い出す。だが、すぐに私はそれから覚める。バスに乗って行ってしまった美しいひとも、あの下町の華やかな気分も、私の夢にすぎないのだ。私は夢見がちな自分の心を、一瞬いとおしむ。生活の現実はいつも私の中に重苦しくよどんでいて、私は自分がもうその外にどんな夢だって、本気では見る気になれないのを自分で知っていながらも、まだ時折冒険への欲望に一瞬身をこがすのがおかしくもあり、悲しくもある。芸術だけを唯一の夢見場所にする以外に、これと云って思いきった生き方も出来ない自分を腑甲斐ないとも、男らしくないとも思うこともあるのだが、また、まだこれだけで一生棒にふりはしないぞという意地も多分に残っているものらしい。

　頭の上の方は、まだらに曇っているのだが、西の方は雲もうすく、ところどころ、あせた青空や、黄色く輝いた層雲などが縞になっている。私はどんな眼で、それを眺めているのか。自分でもよくは解らない。女たち、子供たち、老人、男たち……私は今はただ、自分がその男たちの一人であり、私もまた誰とでも同じように、餓え、疲れ、渇き、しかもなお希望のようなものをもっているのを知る。私もまた女を求めている。そして、男として、それ以上の夢を。そうして今私にとっての夢とは夢でないいろいろなことを、こうして手帖に書きとめることに他ならない。その馬鹿馬鹿しさも私は知っているつもりだ。だが、私に出来ることは、それだけなのだ。

　私は自分が神をもっていないことを思う。その不幸せを思う。夕焼は私にとって何の意味があったか。私はただ束の間の美しさに見とれ、一瞬それにはげまされたにすぎない。私はそこに誰も見はしなかった。誰かがいる筈なのに。誰かが、どこかにいる筈なのに。夕闇がますます濃くなってくる。犬たちはもはや不安げに吠え始める。街頭テレヴィの前にも、二三人の人影がある。だがまだ夜の娯楽は始まっていない。夕闇の中に、テストパターンがちらちらと揺れながら輝いている。「あたしだって好きよ。だってそれでいいじゃない。」私を追い越してゆく二人連れの話声がふと耳に入る。〈それでいいじゃない、それでいいじゃない。〉そう、これでいいと云わねばならぬ。今、生きるために。私は生活の雑多な匂いを嗅ぐ。そうしてもう一度、もううすれてしまった夕焼を眺める。私はやさしい気持で、人々のことを思う。あのひとはもう下町へ着いただろうか。あのひとはどんな部屋で眠るのだろうか。さっきの仔猫と女の子は無事に家へ帰ったろうか。あの女の子は今夜はお風呂へ入るのだろうか。そのあとで子供はどんな夢を見るのだろうか。

フィレンツェ——急がないで、歩く、街。

須賀敦子

すが・あつこ
1929年大阪生まれ。随筆家、翻訳家。29歳から13年間イタリアで過ごし、日本文学の伊語訳を多数出版。56歳で文筆活動を開始、『ミラノ 霧の風景』で講談社エッセイ賞他受賞。著書に『コルシア書店の仲間たち』ほか。1998年死去。

その冬、私はフィレンツェの国立図書館に通う仕事があった。毎朝、アルノ川の対岸から、橋をわたって、いつまでも溶けない雪の道を、三十分ほど歩いた。雪は、たくさんつもっていたのではなかったけれど、かちかちに凍っていたから、すべらないように、たえず足もとに注意しなければ危なかった。身を切るような山おろしが吹く朝もあった。それでも私は、ときどき立ち止まっては、アルノ川の景色にみとれた。

はじめてフィレンツェを訪れたのは、もう四十年ちかくまえのことになる。いまは、三年に一度ぐらいの割合で行くが、いつのころからか私は、フィレンツェの街を、ただ用もなく歩くのがすきになった。街を、それも旧市街を、ただ、歩く。できれば、急がないで、歩く。でも、漫然、というのとはちょっと違って、両側の店なんかを見ながら、歩く。目的地はあるけれど、急ぐほどではない、というくらいが、理想的かもしれない。たとえ有名な建物がその道になくてもいい。家々が、家並が、いろいろなことを語りかけてくれる。ひょいと入った裏通りにならんだ、家具の修理工房。職人さんが、白くなった安全靴をはいて、仕事をしている。若い見習いが、カの発音ができなくて、ハと言ってしまうフィレンツェ弁で、親分にどなりとばされている。あたりはニスやら絵具やらの匂いでいっぱい。

なんどもおなじ通りを歩くうちに、だんだん、建物のつくられた時代までが、すこしずつわかるようになり、この建物は、むこう側のあれよりも、ルネサンス度が純粋だ、というふうな判断がうまれてくる。やがて、どの道の、どの建物がいい、というふうになり、フィレンツェに行ったときには、またひとりでそれを見に行く。

はじめてのとき以来、フィレンツェには、ちょっと数えきれないほど行きながら、こんなのんきな見方をしているものだから、熱心な旅行者ならだれでも知っている、というようなものを、すべて見たという自信は、まったくない。いっぱい、見おとしたもの、訪ねおとしたものが、きっと山ほどあるだろう。

この方法は、また、ひどく時間がかかるから、現代むきではないかもしれない。でも、フィレンツェがつくられたころ、人々はゆっくり考えてものをつくっていたということを、忘れないほうが、いいのではないか。

このごろになって、やっと、私は、たとえばフィレンツェ・ルネサンスの建築への理解が、少しだけ身についてきたように思える。以前、本でなんど読んでもわからなかったことが、変な言い方だが、自分のからだの一部になってきたような気がする。その建物の前、あるいは横に立ったとき、ああ、ルネサンス建築とはこういうことだったのか、と感慨をおぼえる。その時点で、私は、もういちど、本を読む。すると、書いてあることが、ふしぎに立体感をもって、あたまに入る。こうなったら、私とその建物のあいだには、もうだれも入れない。われながら、ずいぶん、時間のかかる勉強の仕方だったと思うけれど、私にとっては、これしかなかった。全体を攻めないと部分がわからなかった。

ルネサンスの文学作品を読むとき、ふと、フィレンツェの道路や建築から教えられた感覚がよみがえることがある。それまで見えなかったものが、見えるようになり、それまで何度も読んでいたものが、まったくあたらしい本、まったくあたらしい文章にみえてくる。文章というのは、かなりそれが書かれた時代に似ているものである。内容だけでなくて、文の組みたて具合、といったものが、同時代の建物や道路の配置によく似ていることがある。わざと、それに反対して、つくられていることもあるが。

はじめてのフィレンツェ行きは、パリの学生の団体旅行だったから、夜は安くて門限のきびしい修道院にとまって、お仕着せの場所を見てまわるだけ。フランスの学生といっしょの旅行だから、案内をしてもらうのも、フランス語で、聞きとれないことも多かった。ミケランジェロもボッティチェッリも、色とりどりのリボンの箱をざっと目のまえに空けられた感じで、いま考えると、ただ驚いただけだった。

要するに、ほとんどなにもわからなかった。

ただ、ピッティ宮殿の裏の、かなり急な勾配につくられたボボリ庭園に魅せられた。パリでフランス語の発音になやまされていた私は、ボボリ、ということばの響きにまでも、びっくりするような鷹揚さ、なつかしさを感じた。何年か経って、自分はどうしてもイタリアだと思って、その国に没頭してしまったのも、あの辺に原点があったのかもしれない。

ヴェルサイユやパリのチュイルリーの庭園なども、イタリア式と呼ばれるのだから、そして、設計者はたぶんイタリア人だったのだから、根本的な違いはないはずなのに、ボボリの庭をみて、あっと思った。本家本元の鷹揚さというのだろうか。フランスで見たイタリア式庭園にくらべて、どこかとてつもなく自由で闊達なのだ。定規や機械で引いた線ではなくて、この国の人たちのからだに組みこまれている、立体性への自然な感覚が、この庭をつかさどっているように思えた。そのあと行ったローマの、古代の水道のアーチとおなじ種類の立体感が、庭に生かされているのを見て、この国をもっと知りたいと思った。

パリの合理性（合理性は知性のほんの一面でしかない）に息がつまりそうになっ

ていた自分には、イタリアの包容力がたのもしかった。なにも、かたくなることはないのだ。そう思うと、視界がすっとひらけた気がした。

美術館や展覧会に行くと、あ、これはほしい、うちに持ってかえりたい、と思う作品をさがして、遊ぶことがある。見る焦点が定まっておもしろい。街中が美術館みたいなフィレンツェには、「持って帰りたい」ものが山ほどあるが、どうぞお選びください、と言われたら、まず、ボボリの庭園と、ついでにピッティ宮殿。絵画ではブランカッチ礼拝堂の、マザッチオの楽園追放と、サン・マルコ修道院のフラ・アンジェリコすべて。それから、このところ定宿にしている、「眺めのいい」都心のペンションのテラス。もちろん、フィエゾレの丘を見晴らす眺めもいっしょに。夕焼けのなかで、丘にひとつひとつ明かりがついていく。そして、最後には、何世紀ものいじわるな知恵がいっぱいつまった、早口のフィレンツェ言葉と、あの冬、雪の朝、国立図書館のまえを流れていた、北風のなかのアルノ川の風景。

わが散歩・水仙

庄野潤三

しょうの・じゅんぞう
1921年大阪生まれ。作家。海軍入隊後、少尉に任官。戦後は学校教諭、朝日放送勤務の後、作家業に専念。『プールサイド小景』で芥川賞受賞。安岡章太郎、吉行淳之介らとともに「第三の新人」として注目を浴びた。2009年死去。

いい時候になって、日課の散歩がますますたのしみになって来た。朝、仕事にかかる前にはがきを出しにポストまで行く。このポスト往復を入れて日に三回、家を出て歩く。

愛用のハンチングをかぶり、はきなれた靴をはいて、

「行って来るよ」

と妻に声をかけ、「行っていらっしゃい」の声に送られて家を出る。ひらき戸のよこの鉢植の黄色のすみれ（パンジー）が見送ってくれる。

私の家は多摩丘陵の一つの丘の上に建っているので、いきなり崖《がけ》の坂道にさしかかる。ズボンのバンドにつけた万歩計が、夕方には二万歩近くなるくらい歩くのを目安にしている。

どうしてそんなに歩くか。十二年前に大病をして、左半身の自由が利かなくなった。幸いに病院の手当がよく、早く回復して二ヵ月で退院出来た。退院したのは年の暮れであったが、一月には散歩を開始した。家族についてもらって、杖を片手にそろそろと歩く。まる一年たった日に、妻の提案を入れて杖なしで歩くことにした。杖も家族の付き添いもなく、不安なしに歩けるようになった。私は自分の健康を歩いてたて直そうと考えたのである。

私が二万歩近くも歩くのは、それがたのしみであり気晴しであるからだが、ふたたび健康をとり戻したというよろこびが重なるからだ。車椅子の厄介になっていた病院のときのことを思えば、こんなふうに歩けるのは何という仕合せだろう。

よく手を振って速足で歩くのがいいと書いてあるが、私はそうしない。自分の丁度いい速さでゆっくり歩く。むしろとぼとぼといってもいいくらいの歩き方をしているのに気づくときもある。さっさと追い越してゆく人がいても、気にしない。

往きは足取りもかるく出かけるが、ゆるやかな登りの続く帰りみちは、足取りがのろくなる。崖の急な坂道にかかると、最初の曲り角をすぎたところで立ち止って一息つく。いつか買い物のさげ袋をかついで立ち止っているところへ下から上って来た近所の家のお嬢さんが、

「お持ちしましょうか」

と親切に声をかけてくれたことがあった。

坂を上り切って家の門が見えるあたりまで戻ると、ひらき戸のよこの黄色のすみれの鉢が、「お帰りなさい」といって迎えてくれるようだ。

私の散歩コースには幼稚園があり、小学校があり、中学校の運動場がある。この小学校のフェンスに沿って歩くとき、校舎との間の斜面にいっぱい水仙が咲いていて、三月はいつもこの水仙を見るのを楽しみにして歩いた。黄色と白と二通りの花が咲いている。

これを見たら、昔、長女が高校のころの英語の教科書に水仙をうたった英詩が出

ていたのを思い出した。長女が何か質問するために教科書を見せたのだろうか。それとも先生からその詩を諳誦して来るようにいわれて、長女が口ずさんでいるのを聞いて、教科書を見せてもらったのだろうか。

ワーズワスの詩であった。ここで「ダフォディル」(らっぱすいせん)という単語が浮んだところをみると、それが題名であったのかも知れない。

私は学校のころからイギリスのエッセイというのが好きで、チャールズ・ラムの『エリア随筆』を丸善で買って来て、辞書をひきながらこつこつ読んだけれども、英詩はどういうものか苦手で、近づこうとしなかった。

だから、このワーズワスの「水仙」も知らなくて、長女の教科書ではじめて見た。私のあやふやな記憶によると、大体こんなような内容の詩であった。

或る日たった一人きりでさまよっていたら、湖水のほとりに群がって咲いている水仙に行き会った。水仙は風に吹かれて舞っているように見えた。年月たって、どうかした拍子にこのときの水仙がよみがえり、私の胸で舞うのである。

若き日の旅先で見た水仙の印象をうたったものであったような気がする。

ワーズワスと妹のドロシーは、ラムの友人であった。ラムの書簡集のなかに、ワーズワス兄妹宛の手紙がいくつもあったのを思い出す。英国のいわゆる湖水地方に生れて、その地の自然に親しんだ人であったと辞典に出ている。

いつもの散歩道を歩いていて、小学校の水仙を見て、ワーズワスの詩を思い出したまではいいが、あやふやな記憶で心細い。こんなときに友人の小沼丹がいてくれたら（小沼は英文学の先生をしていた）、はがきを書いて教わるのだが、残念なことに去年、小沼は亡くなった。

付記・『世界文学全集』（新潮社）の『近代詩人集』にワーズワス「水仙」（竹友藻風訳）が出ていた。記憶の通りであった。

私の足はいろいろな期待にあやつられて毎日違った道順を歩いて行く。又、時には道筋を観察するよりも何か思索が頭に浮んで、考え事ばかりして歩く日もある。突飛に天文の事や生死の問題や、又、文学の事や知人の事など考えながら歩く。そんな時、私の足は自《おのずか》ら寂しい小路へ向う。

斯様《かよう》に私は不安なふらふらした散歩をするが、どうも途中で何処か一休みしなければ気が済まぬ。歩きづめで帰って来るのでは何だか胸につかえて不快だ。途中で一休みするのにわざわざ喫茶店や料理店でもあるまい。家では朝飯が支度されているのだし、それに私は静かな所で一休みしながら、往きの散歩中に見たり考えたりした事を自分独りで反芻《はんすう》したり、連れの者とも語り合って何か結論を付けてさっぱりして家に帰り度いと思うので、そういう自分の気持ちに添う屈竟《くつきよう》な憩い場所は、私の住居の近くでは寺院の境内《けいだい》か、周囲に可なり沢山在る墓地などである。で私は毎日毎日違った道順を選むが結局の行先きを近所の寺院か墓地を目当てにするのである。そこで一休みして、内心にわだかまったものを消化し尽して帰路につく。帰るとなると急に空腹が目覚める。それをぐっと堪えて通りがかりの八百屋か果物屋で新鮮な青物、果物を買い、一番の近道を採って真っしぐらに家に急ぐ、そうなってはもう散歩ではない。

私の散歩は往き道だけだ。

ベンチの足

佐藤雅彦

さとう・まさひこ
1954年静岡生まれ。東京藝術大学名誉教授。NHK・Eテレ『ピタゴラスイッチ』や「だんご3兄弟」の企画制作を手掛ける。著書に『解きたくなる数学』（共著）など。2011年度芸術選奨受賞、13年紫綬褒章受章。

大学に行く日は別として、他の日は、大抵が歩数が足りない。

私は、運動不足に陥らないように、毎日の最低歩数を決めている。それは、決して多くない5000歩というノルマなのである。でも、そのくらいの歩数であっても、油断するとショートする。その日も、夜の11時過ぎ、ふと携帯電話についている歩数計を見ると、なんとまだ3000歩台であった。おっといけない、また目標に届かなかったか。

そう言えば、今日は、事務所での打ち合わせばかりで、外に出たのはお昼ご飯の時だけだ。でも、待てよ。今の今から頑張れば、今日が終わる前に、あと2000歩くらいはこなせる。

私は、急いでウォーキング用の靴に履きかえ、近くの公園をめざした。


空には、三日月に雲がかかっていた。着くと、深夜の公園なのに、サラリーマンがふたり、ベンチに座ってビールを飲みながら、しんみり話していた。少し離れている隣のベンチには、カップルが、肩を寄せ合っていた。双方とも事情は違えど、終電までの時間をそこで粘るつもりなのであろう。

地下鉄の駅は、そんなに遠くない。ベンチの前には、ゆったりと小径が蛇行していて、私は、そこを何回か往復し、目標歩数をクリアするつもりであった。

実は、その二組の存在は心強かった。深夜の公園は何かと物騒である。これで、心ゆくまでウォーキングに専念できる。

三往復目に入ったばかりの時、なんとなく毎回カップルを見るわけにもいかず、自然と顔を背けつつのウォーキングになっていたのだが、背けた視線の先に、公園の改修工事の現場があった。そう言えば、もうかなり長いこと工事は行われていて、高い板状の囲いで、公園の一部がずっと封鎖されていたのだが、いつのまにか、その囲いがなくなっているではないか。今は、低い網状のフェンスで、囲われている。

私は、緩やかな蛇のカーブから外れて、暗い工事現場の脇まで近づいた。

あれっ、普通の公園じゃないか。私は、その工期のあまりの長さから、無意識に何かを期待していたのであった。私の目からは、工事前のその場所と大差ない光景に見えたのである。お役所仕事はこれだから……、いやいや、あぶないあぶない。こんな所で時間を潰していたら、せっかく意を決して出てきたのに、元の木阿弥になる。

私は、ウォーキングに戻ろうとした。その時、目の前の網フェンスのすぐ向こう側に黒い塊があるのが見えてきた。目が慣れて、暗闇の中に大きな塊が、いくつかあるのに気が付いたのである。うっすらと見えてきたその形はベンチらしい。

きっと、これから新しい敷地に置く何台かのベンチなのであろう。でも、ベンチにしては背が高い。座る所が、私の腰辺りにある。そうか、場所の節約のために、重ねて置かれているのだと、私は勝手にそう考えた。

しかし、それらは決して重なっていなかったのである。

さらに暗闇に慣れた私の目が見たものは、いつも見慣れているベンチの様相ではなかった。背も高いし、足が、妙に大きかったのである。

私は、闇の中、それらをしげしげと見た。

——そして、私は世の中のベンチの真相を知ったのである。

私が、生まれてずっと思っていたベンチの姿は、全容ではなかったのである。

複数の大人がどんな格好で座ろうと、酔っ払いが少々蹴っとばそうと、びくともしない、あの頼もしさには理由があったのである。

ベンチを支えている鉄製の頑強な三つの脚の下には、どっしりとしたコンクリートの固まりが、やはり三つあり、それぞれ鉄の脚にボルトで固定されていた。私たちが普段見ていたのは、地面より上の部分であったのだ。私は、地面の上の部分をベンチの全身だと思っていて、単にそれが置かれているだけだと思っていたのであ

（翌日、昼間の光の下で、そのベンチの姿を見てみようと、公園の同じ場所に行ってみた。その時、それらのベンチが、これから設置される新しいものではなく、今まで、私たちが使い込んできたベンチだということが分かった）

る。

単に置かれているだけのベンチもあると思われるが、一般的に公園のような公共の場にあるものは、どんな使われ方をしても、台風がきても、びくともしない安定度が必要である。そのための、この滑稽にも見える大きく太い根なのである。

まるで、私たちの歯を抜くと、とんでもない大きな歯根があるように。

私たちは、私たちの生活を陰で無口に支えているいろんなことに、あまりに無頓着である。頼れるだけ頼っておいて、この無頓着さ。でも、よく考えると、その無頓着さは、間違いとは言い切れない。

例えば、ベンチで休む時、自分のお尻の下の地中に、象の足のような大きなコンクリートの固まりが埋まっているのを感じる必要があるだろうか。そのことに対して、優等生のように感謝の気持ちを持つことは必要であろうか。

否である。私たちは、その便利さ、快適さだけを享受し、同僚とビールをそこで飲みながら、上司の悪口をこぼしていればいいし、恋人の体の温かさをひそやかに感じていればいい。支えるというのは、そういうことだ。みんなが無関心でいられるほど、はなから信頼していること。まったく気にさせることなく、みんなに個人個人の思いを遂げてもらうこと。頼っていることを意識させずに頼られていること。頼もしいとも感じさせずに頼もしいもの。それが、真の「支える」ということだ。

私は、ベンチの不格好な足を見て、そう思った。

私たちは、数えきれない程多くの『思わぬ誰か』や『思わぬ何か』に頼って生きている。その思わぬ何かについて、思いやることは複雑な現代社会のシステムでは不可能に近い。でも、公園のベンチは、その気遣いや感謝は必ずしも必要ではないということを教えてくれた。それに対して無頓着でいることが決して不遜な態度ではなく、自然な態度であることも。

逆に、自分が誰かや何かから、頼られる存在である時、それがうまく達成している時には、感謝や気遣いが生まれにくいということも示している。お母さんを全面的に頼りにしている子どもは、感謝の言葉や気持ちを表すことなんて思いも寄らないし、お母さんもそれを期待して一生懸命になっているのではない。だから逆に、感謝の言葉を言われた時、涙が出るくらいにうれしいのだ。

ふと気付くと、先ほどのベンチには、会社員も恋人たちもいなくなっていた。終電の時刻が近づいたのであろう。携帯電話を見ると、既に日付が変わっていた。

結局、一日のノルマの歩数には届かなかったが、私は、初めて出会ったベンチの足に免じて、それをよしとすることにした。

（その後、ベンチは無事に埋め戻されていた。）

漁師町にて

立原正秋

たちはら・まさあき
1926年韓国生まれ。作家。幼くして父を失い、1937年、横須賀の母の再婚先に移る。1966年「白い罌粟」で直木賞受賞。主な著作に『冬の旅』『舞いの家』『冬のかたみに』『帰路』など。1980年死去。

起きるのが正午ちかい私にとって、陽のある午後の数刻は貴重な時間である。私は朝食と昼食をかねたかるい食事をすますと、庭で木刀を十分ほどふり、それから財布をもって散策にでる。まず行くのは、ゆっくり歩いて十分ほどかかる腰越《こしごえ》海岸である。漁業組合の建物のうしろには、防波堤で囲まれた小さな港があり、浜には廃船がならんでいる。時化《しけ》の日などは、浜は、海をひきあげてきた漁船でいっぱいである。港には生簀《いけす》がいくつか浮んでおり、防波堤では、たいがい、十数人の男達が釣糸をたれている。私は彼等の獲物をのぞいて歩く。そして、ときどき立ちどまっては、港の向うの江ノ島を眺め、ヨットハーバーから白いヨットが海にでるのを眺める。

もしこのとき、港に漁船が入ってくれば、獲《と》れたての魚が跳ねながら引きあげられるのを見物する。漁船といっても、二人か三人のりの小さな船である。船が還る時刻を知っているのか、漁師の女房が子供をおぶって迎えに来ている日もある。

もしまたこのとき、鯵《あじ》つりの小さな船が入港してきたら、私は漁師から生きた鯵を買って帰る日もある。

やがて私は、海を眺め、空を見あげ、それから遊歩道路にひきかえし、海沿いに歩く。どこという目的もなく歩く。道路からそれ、ごみごみした漁師家が軒を並べている路地を歩く日もある。たいがい二時間は歩く。

十一月はじめのある日の真昼、私は、漁師家が並んでいるある路地を歩いていたとき、思わぬことにぶつかった。路地は、はば二メートルほどの砂地で、左側の、はりかえたばかりの白い障子が四枚しめてある小さな家のなかから、男女のいとなみの声がきこえてきたのである。私は思わず足をとめた。私は数秒そうしていた。それは健康な生の歓びの声であった。その家の縁側の端には、まだ潮に濡れた魚籠《びく》がおいてあり、雨戸の戸袋のわきには小さな網が乾してあった。漁から戻ったばかりの男が、妻と睦《むつ》んでいる様子であった。路地には真昼の陽がさしており、私は、夢幻の世界にひきこまれて行くような気がした。しかし私は、なにかすがすがしい感情になり、やがて、そっと、その場をはなれた。

数日して私は、その漁師夫婦の顔をみることができた。私が、遊歩道路からそれてその路地を入ったら、漁師夫婦が私の前を歩いていた。男は肩に網をかついでおり、女は魚籠をさげていた。その夫婦は、先日の家の前で立ちどまり、二人は縁側に漁具をおいた。見ると、まだ若い夫婦であった。男は、潮の香がしみた頑丈な軀《からだ》をしており、女は、かわいい顔立をしていた。

私はその漁師家の前を通りすぎながら、あの真昼の睦みあいを想いかえした。あの若い女房は、なにかの都合で、前夜夫と睦みあえないまま、暁方《あけがた》に夫を漁に送りだしたのだろう。そして、夫が漁から戻ってきたとき、二人はどちらからともなく寄りそったのだろう。私はそんな風に想像した。

このときすでに私のなかでは、これから書くだろう一つの短篇小説が出来あがっていた。

その後、私は、その路地は通らなくなった。あの健康な若い漁師夫婦をそっとしておきたい、そして、あの真昼、陽のさす路地できいた生の感動を、そのまま残しておきたい、そんな気持からであった。

そして私は、このことを誰にも語らなかった。もしその漁師家に好奇の目を向ける者がでてきて、真昼その家をのぞきに行くのを怖れたからである。

それからも、私は、ときどき、浜でその若い漁師夫婦を見かけた。まだ結婚したばかりとみえ、子供もいないらしかった。

漁師はそのほとんどが貧しい暮しをたてている。楽に暮しているのは、仲買人と小売商人だけである。

漁師達の貧しい暮しには、胸にしみる生活の匂いがあり、現実感があった。漁から戻った夫と睦みあっていたあの若い女房にも、そんな生活の匂いがあった。

私は、九月の末、それまで棲《す》んでいた鎌倉山の近くで土地業者が山を切りくずしだしたので、この漁師まちにちかいところに越してきたが、数人の編集者いがいにはここの住所は教えていない。東京にでることもあまりない。

私は、毎日、海を眺め、漁師達の生活の匂いをかぎ、ときには釣糸をたれながら、作家には書くことだけが残されている、そんなことを思っている。

寒月の下での躓き

串田孫一

くしだ・まごいち
１９１５年東京生まれ。哲学者、詩人、エッセイスト。中学時代から山登りを始め、１９５８年山の文芸誌「アルプ」を創刊、83年の終刊まで編集責任者をつとめる。『山のパンセ』など著書多数。２００５年死去。

月と金星との、地球の或る場所から見た場合の位置の関係について、詳しく正確に説明することは出来ない。口惜しいことだと思うなら、計算の仕方ぐらい調べればいいのに、天文年鑑などに書かれていることを信じて空を見上げている。
一九九三年の冬は宵の明星が目立って光り、寒い風の吹く夕暮に、双眼鏡を携えて近くを歩き、日毎の星の位置の変化を確かめるため場所を定めて立っていて、冷え込んだ。

　年鑑によると、その年の二月二十四日十八時五十分、最大光度がマイナス四・六等になる。そしてそれだけではなく、月齢二・六であるから、三日月と金星との位置が果してどういうことになるか楽しみにしていた。

「金星の輝きはまことに見事であった。明るいうちから見ていたが、薄暗くなってから双眼鏡を持って庭に出てみると、正午の月齢が二・六だから三日月と言っていいが、それが程々に離れて金星を受ける形で素晴らしかった。」これは私のその晩に書いた日記の一部分である。

　そんなことに関心があるかどうか、ともかく数人の親しい人に電話をかけて知らせた。すると、急に天文に興味を抱いて、金星が何故夕方か夜明けにしか見えないのか、その理屈が判ったと言って悦んでいた者もいたし、今見ているところだ、邪魔をするなと言って電話を切った者もいた。中には切角《せっかく》前々から教えて貰っていながら、その時刻にうっかり別の用事をしていて見損ってしまった、と行成《いきなり》謝った人もいた。その日その時刻にだけ金星が輝き出すとでも思っていたのだろう。

だが考えてみると、金星に限らず、星の光だけであったら、人は餘りその光度には関心を寄せない。月との距離が近くなったというのでそれを珍しいこととして眺める。しかもそれが満月ではなく、細い三日月だから特別の関係を見て身近に引き寄せる。受ける。見詰める。語り合う。顔を背《そむ》ける。そんな具合に二つの天体の擬人化を楽しんでいると言ったらいいのだろうか。

＊

最近、真夜中に近所の道を歩いた。特別その必要が出来たというのではない。もう少し時間が出来たら始めようと考えていた調べごとがある。始めるとしたらこれまでとは少し違った方法で進めてみたいと漠然と考えていたのだが、それがどうもうまく進められそうもなく、また計画倒れになりそうな気分がしていた。まだ始めもしないうちから頓挫する場合を考えるのは滑稽なことではあるが、それでも苛々《いらいら》して来る。現にやっている仕事をすっかり済ませてから、計画を無理のないように立てればいいのではあるが、餘計なことを考えて苛々《いらいら》する。

それを暫く忘れるために歩いて気分を整えようと思った。散歩には違いないが、この場合には散歩という言葉は餘り使いたくない。

いつの頃からか夜半を過ぎると時間を見ないようにする習慣が出来て、何時頃か正確には判らなかった。それでも三日前に満月が過ぎて少し欠け始めた明るい月の位置で、凡《およ》その見当はついていた。最終の下りの電車ももう暫く前に行ってしまって、それに乗って帰って来た人影もなく、少し広い通りを走る自動車の音も聞こえない。たまに犬が吠えるのは、私の歩く足音で人の気配を感じ、不審に思うからだろう。

今住んでいるところに移ったばかりの四十年近く前には、街灯らしいものはなかったし、月の明りのない夜はどうしても懐中電灯が必要であった。深夜の息抜に歩いていると、夜警の巡査が時々、特別上等とも思えない懐中電灯をこちらへ向けて呼びとめた。私もまだ若かったし、多分に人を揶揄《からか》う気分もあったので、何と訊ねられたのかは覚えていないが、「闇の中では考えることも出来ない」などと偉い人が書いていますけれど、本当にそうでしょうか。何も考えられない、という意味ではないと思いますが、本当にそうお思いになりますか、などと言った。するとその巡査は一瞬何を想ったのか、早く家へ帰ってゆっくりお休みなさい、と変に同情するような優しい口調で言った。私は勿論、御苦労さまです、と丁寧に言って少しは安心させたつもりだった。

＊

昼間明るい時であれば、道を歩きながら何か、おやっと思うものが目に入れば立ち止まって、屈《かが》み込んでも確かめるだろう。なあんだということがあるにしても。また気になるような音がすると、それが聞こえて来る方へ足を向け、何の音であるかを確かめる。そんなことはしないという人もいるかも知れないが、私は餘程の急ぎの用でもない限り、気になることは放って置けない。

ところが闇夜になると事情はすっかり変る。たとえ灯《あかり》を持っていても不自由なものである。自分の視力がここまで衰えた、というのでもない。苦痛は私の中にあるというのではなく、それは生きていられない世界である。自分が夜行性の動物でなかったことを嘆いても意味がない。私達は或る条件の中で生きている。生きることを許されている。

それに比べると明るい月夜は幻想を遊ばせるのには好都合の世界である。今夜はうまく進められなくなった仕事の、その続きを何とかしようと思って外の空気を吸いに出たのではなく、十六日の月の光が餘り冴えているので、ただそれに誘われて外を歩きたくなった。

沢山着込んで来たし、暫くの間、灯の多い大通りを、体に力を入れ、速足《はやあし》で歩いて来たので、まだ畑や雑木の残っている農道に入って歩調をゆるめても毫《ごう》も寒さ冷たさを感じない。大層上等の気分である。

それに今は空を見上げて月を眺めるためでもない。その寒々とした鋭い月光を背に受けていると、自分の影を追って歩くことになるが、その影も斜め横に短い。今夜の月に特別の不可解な現象が起こるというのではなく、もうさんざん見て、それが確かに冬の深夜の空に輝いているのが充分に判っているので、それをまた振り返って見上げる気持が一向に起こらない。月と夜更けの自分との結び附きが大変うまく整えられていて、気分はこれ以上になく満ち足りている。

＊

この豊かな寛《くつろ》ぎの中にいて、嘗《かつ》て清浄な月光をたっぷり浴びながら歩いたさまざまの野の道、山の道、海辺の道、雪が深ぶかと積もっていた道を想い出した。

霜が、宝石などとは到底較べものにならない貴い清らかさで光り、それを宿らせた枯草の間に消えかけた小径が続いていた。自分にはその時はもう何処へ行くという目的地も消えてしまっていたので、そこを歩いているうちに、星空の中をひたすら歩き続けているような気分になった。何の不安をも覚えない静かな夢の中の想いであった。

両側が深い谷になっている尾根道を、月光をたよりに、というよりこの現実とは思えなくなる光の中へと誘われるがままに歩いたこともあった。小径を辿っていることを忘れたのか、それとも私の気が附かないうちに、道が不要になって消えていたのかも知れないが、枯れ草を踏んでいた。その可なり賑やかであった音がいつの間にか消え、私は尾根の上を飛んでいるとしか思えない気分を楽しんでいた。

波頭が崩れる前の盛り上がって来る動きがはっきりと見られる浜辺には、誰の足跡も見えなかった。打上げられている筈の藻屑《もくず》もなく、海と反対の側には砂丘が幾重にも重なって、波打際を歩くように誘われていた。空の彼方にも耳を澄ますと或る音階が聞こえるように、海からの、静かな息づかいのようなそれが聞こえていた。

また或る時は、そこを私が選んだ訳でもないのに小川に沿った道を歩いていた。小川の流れの音は、それとなく私を誘い歩き続けさせていた。その音が次第に、大小無数の鈴を器用に振り鳴らしているように聞こえた。餘り綺麗な音なので、足許をしっかりと確かめた上で川を覗き込むと、月の光がそこで細かに砕け、天上からの光と地上の水の音が、繊細さを競っているように思えた。だがそれは競い合うのではなく、共に悦び楽しんでいるに相違なかった。

＊

人は、自分のこれまでの生命の道程は長かったとも短かったとも思えるものだが、今それをゆっくり辿り直してみようと思うと、一切が片々としていて、何故かずっとこうした寒月の凍った夜道だったような気がする。自分が経験したことは夢ではなく、事実だったのだろうが、過去はすべて例外なく、もう溶けることのない凍った世界に閉され、これを揺り動かすことも、叫んで呼び戻すことも出来ない。専ら森閑とした幻影として凝結したままのものである。

私はこのことが何となく悲しくなり、冷たい過去の巨大な器から、これと思うものを掬《すく》い上げ、現在の体温でゆっくり暖めて、蘇生させることが出来ないものかと願う。だがそれは不可能だと判っているから願うのであって、若し蘇生が可能となれば、それを拒み続けたい迷いが必ず起こるのではないか。

過去は閉された扉の彼方で、恐らく永遠に凍ったままだと判っているから掬われ、ただ自分の羞恥の想いがそんなことを想わせたのかも知れない。

寒月の鋭い光の中で、私の想いは躓《つまず》きそうになる。

木のぼり

谷口ジロー

たにぐち・じろー
1947年鳥取出身。漫画家。『「坊っちゃん」の時代』で手塚治虫文化賞マンガ大賞受賞。主な著作に『孤独のグルメ』『遥かな町へ』『神々の山嶺』など多数。海外での評価も高く、2011年、フランス文化勲章シュバリエ受章。2017年死去。

あんどう
じゃあね
そのへんを
歩いてくるよ

ざっ

とって
あげようか
ほんとにい

すげえ〜〜〜っ
そうらっ
わあっ
やったあ〜〜〜〜〜

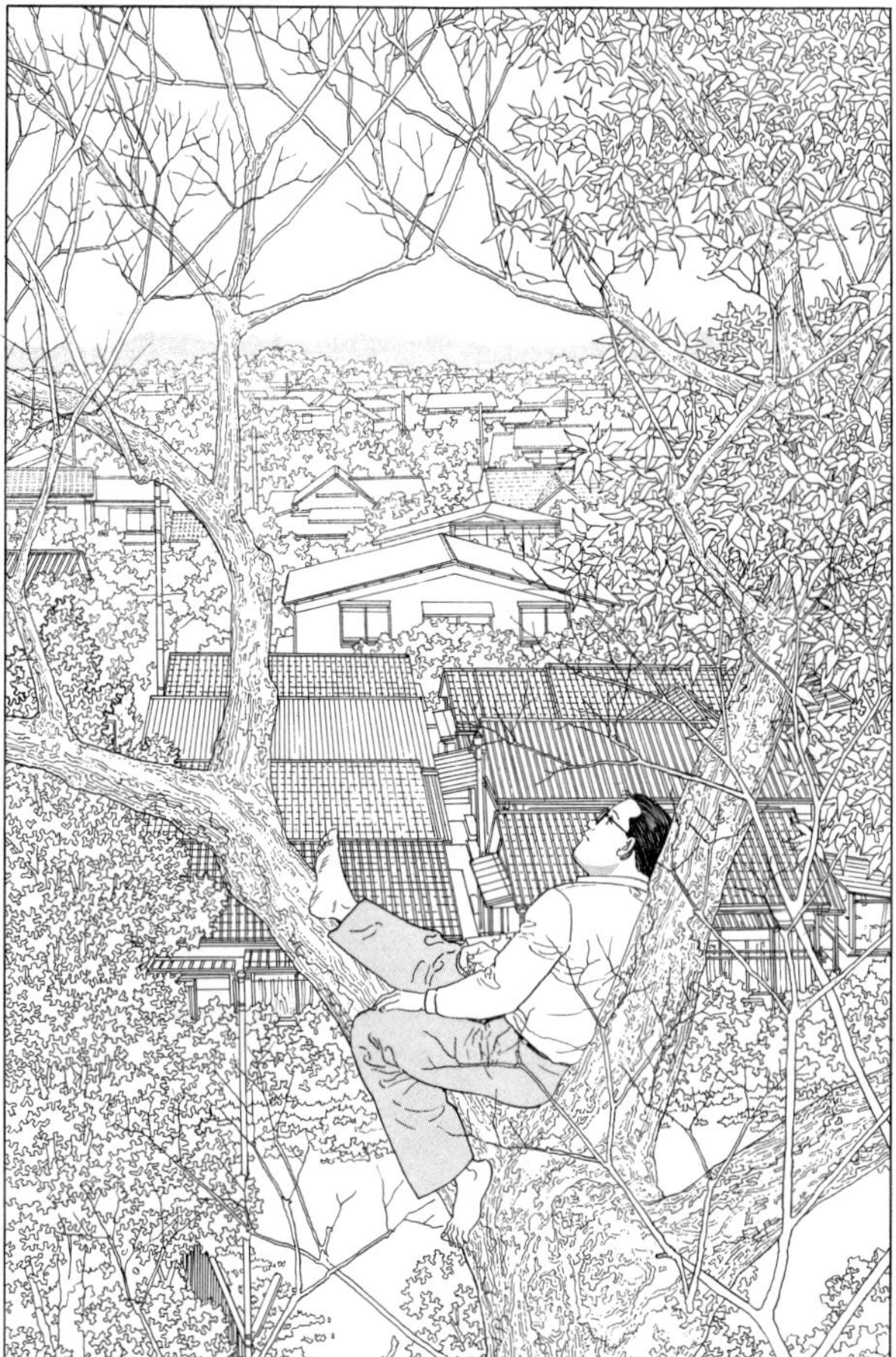

ざっ

どう？
すっ
うん
もうすこし
上手ねえ
あなた
ようし
できたあ

いくよ
ぱっ
ぶうううんん

野草の音色

志村ふくみ

しむら・ふくみ
1924年滋賀生まれ。染織家、随筆家。31歳で植物染料と紬糸による織物を始める。著書に『一色一生』(大佛次郎賞)、『語りかける花』(日本エッセイスト・クラブ賞)など多数。重要無形文化財保持者(人間国宝)、文化功労者。文化勲章受章。

雪の多かったあとに訪れた京の春は、緑が目にしみるようだ。たぶん北国の人がそうであるように、野がよみがえるよろこびを、いつもの年よりつよく感じるのだろう。

よもぎ、れんげ、げんのしょうこ、いたどり、からすのえんどうまで染めてみた。れんげ、いたどり、からすのえんどうは、はじめての試みだった。今まで畑にはびこりすぎて邪魔もの扱いだったが、からすのえんどうを見る目が急にちがってきた。すこし黄味がかったうす緑は捨てがたい趣がある。そんな風だから、野を歩いていても、目はいそがしい。

野草で染めた糸の群をみていると、野原そのものの色合になっている。うす紫に、茶と鼠《ねずみ》をふりまぜた♭《フラット》の諧調は、げんのしょうこ。うす緑に、淡い黄色はれんげ草。すこし青味の洒落《しやれ》た鼠はよもぎ。この洒落ものをひとすじ縞《しま》に入れたいと、畑にとんでいって、パッパッとよもぎを摘み、炊き出して染める。そんな離れ業をやってしまうのもこの季節にかぎっていて、季節というもののありがたさを感じる。

凍《い》てついた大地がゆるんで、草木の発芽をいだきはじめた土の色、はじめて陽の光をうけて戸惑う双葉の色、もしその音色も同時にきくことができるならば、音と色そのものが糸にのりうつっている。生れでたばかりの野草の音色である。

そら豆が夜のうちに、ぷくっと莢《さや》の中でふとる。草むらでほたるぶくろが白い提《ちよう》灯《ちん》をさげる。季節は夜のうちに大働きしている。

そんななかで、人間もどこかで細胞がよみがえり、春の新しい発見がある。野にれんげや、げんのしょうこが育つとき、私たちの体の状態も感覚も、夜のうちに少しずつ春から初夏へ移動しはじめて、野の状態にもおくれをとらず、うまくついていけるのだろう。

散歩のかえり、畑をひとまわりして、今年はどうかなと片隅に目をやれば、それを待っていたかのように、しもつけが小花をつけ、ゆすらうめの赤い実が熟れている。

珍しいのは、とけい草である。小さな鉢をいただいて、冬のあいだ枯れてしまったのを残念に思っていたが、よほど土が合ったのか、すこしの緑が見る間に茂り、蔓《つる》が四方にのびて、一〇〇に近い蕾《つぼみ》をつけた。今日か今日かと待ちかねた朝、茂みの中に一輪ハッとするほど鮮かに咲いた。だれが名づけたのだろうか。時計の中をのぞいた詩人が細工名人につくらせたのか、紫と白の紙を糸のようにほそく切った華麗な芯《しん》の中央に、まさに時計の螺子《ねじ》が巻いてくれといわんばかりにくっついている。小人がその螺子をキッキッと巻けば、花は時を告げるのではあるまいか。

新宿にさ、森があるの知ってる？

燃え殻

もえがら
1973年神奈川生まれ。作家、エッセイスト。2017年『ボクたちはみんな大人になれなかった』で小説家デビュー。小説『これはただの夏』『湯布院奇行』、エッセイ集『すべて忘れてしまうから』『明けないで夜』など。

「おもちゃ屋みたいな本屋が下北にあるんだけど行かない？」

昔好きだった人に、ある時そんなことを言われたことがある。知っている予感がしたけれど、「どんなところ？」と一応訊いてみた。

「本以外にもTシャツとかグミとかフィギュアとかも売ってて、物が溢《あふ》れてるの」

彼女は「とっておきの情報を教えてあげるわ顔」で説明してくれた。予感は確信に変わったけれど、まあいいかとそのまま下北までついていった。彼女が「ここです！」と指さした場所は、やっぱり『ヴィレッジヴァンガード』だった。

彼女は僕が当たり前だと思っていたことを特別にしてしまう人だった。

彼女と池袋の新文芸坐《しんぶんげいざ》でヴィム・ベンダース特集か何かを観に行った時のことだ。「おいしくて安いごはん屋さんがあるから、今度一緒に行きたいんだけど」と誘われた。彼女はカルチャーには明るかったけれど、世の中の普通の女の子が好きなこと（洋服とかお化粧とか原宿だとか）に関してはどうでもいい人だった。そんな彼女が行きたくなったごはん屋さんなんて珍しいなと思って、「どんなお店なの？」と聞いてみた。

「あのね、餃子がとにかく安いの。なのに、ちゃんとおいしいの」

彼女は例の顔でそう言った。また知っている予感がした。まあいいかとそのまま渋谷まで行く。彼女が「ここです！」と指さした場所は、やっぱり『餃子の王将』だった。けっこう有名だと思うぞ、なんて言いながら二人して食べたあの時の餃子は、たしかにおいしかった。

彼女は今、シンガポールに住んでいる。フランス人の旦那《だんな》さんと、二匹の猫と一緒に、高層マンションで暮らしている。らしい。彼女から十年ぶりに連絡をもらって、SNSで繋がった。彼女は、僕の知らない言語でツイートしていた。僕の知らない町の、聞いたこともないチェーンのカフェで、まだ日本に上陸していないスイーツを持って、写真におさまっていた。海外の有名化粧品会社で広報をしているらしく、SNS上の写真はどれも華やかなものだった。

ふつうのことをなんでも特別にしてしまう彼女が、いつの間にか特別な暮らしを手に入れていた。そのことがなんだか冗談みたいで、おかしかった。きっと彼女も、なんであんたが文章なんて書いてるのよ、と笑っていると思う。

「新宿にさ、森があるの知ってる？」と昔、彼女は言った。それが新宿御苑《ぎょえん》だと一秒で僕はわかったけれど、彼女の後をついて、その「森」を目指すことにした。彼女の自慢げな顔が見てみたかったのかもしれない。そしてその「森」は、やっぱり新宿御苑だった。季節は秋で、園内を歩いている人はほとんどいなかった。ビニールシートなど持ってきていなかったので、僕たちは直《じか》に芝生に寝っ転がって、夕方の閉園までずっといろいろな話をした。はずだ。その時、一緒に何を話したのか、ほとんど憶えていない。春にもう一度来たいね、と言ったことは憶えている。彼女がなんて答えたのかは、忘れてしまった。ドトールのミラノサンドが旨《うま》すぎると言っていたのは憶えているのに。そして僕たちは春を待たずに、つまらない理由で別れてしまう。

昨日、久々に下北のおもちゃ屋みたいな本屋に行ってみた。本当におもちゃ屋みたいだなとしみじみ思った。彼女はずっと正しかった。

今日はポカンと時間が空いている。新宿の外れにある「森」に寄ってみようかと、ひとり企《たくら》んでいる。

散歩生活

中原中也

なかはら・ちゅうや
1907年山口生まれ。詩人。1934年に第一詩集『山羊の歌』を自費出版。1933年に結婚するも、長男の早世後に心身が衰弱し、1937年死去。小林秀雄に託した第二詩集は『在りし日の歌』として出版された。翻訳も手掛け、訳詩集に『ランボオ詩集』。

「女房でも貰つて、はやくシヤツキリしろよ、シヤツキリ」と、従兄みたいな奴が従弟みたいな奴に、浅草のと或るカフェーで言つてゐた。そいつらは私の卓子のぢき傍で、生ビール一杯を三十分もかけて飲んでゐた。私は御酒を飲んでゐた。好い気持であつた。話相手が欲しくもある一方、ゐないこそよいのでもあつた。

其処を出ると、月がよかつた。電車や人や店屋の上を、雲に這入つたり出たりして、涼しさうに、お月様は流れてゐた。そよ風が吹いて来ると、私は胸一杯呼吸するのであつた。「なるほどなァ、シヤツキリしろよ、シヤツキリ——かァ」

私も女房に別れてより茲に五年、また欲しくなることもあるが、しかし女房がゐれば、こんなに呑気に暮すことは六ヶ敷《むつかし》からうと思ふと、優柔不断になつてしまふ。


それから銀座で、また少し飲んで、ドロンとした目付をして、夜店の前を歩いて行つた。四角い建物の上を月は、やつぱり人間の仲間のやうに流れてゐた。

初夏なんだ。みんな着物が軽くなつたので、心まで軽くなつてゐる。テカ〳〵した靴屋の店や、ヤケに澄ました洋品店や、玩具屋《おもちや》や、男性美や、——なんで此の世が忘らりよか。

「やァ——」といつて私はお辞儀をした。日本が好きで遥々《はるばる》独乙から、やつて来てペン画を描《か》いてる、フリードリッヒ・グライルといふのがやつて来たからだ。

「イカガーデス」にこ〳〵してゐる。顳《こめかみ》をキリモミにしてゐる。今日は綺麗な洋服を着てゐる。ステッキを持つてる。

「たびたびどうも、複製をお送り下すつて難有《ありがと》う」

「地霊《ルル》………アスタ・ニールズン」彼はニールゼンを好きで、数枚その肖顔《にがお》を描いてる男である。

私の顔をジロ〳〵みながら、一緒に散歩したものか、どうかと考へてゐる。彼も淋しさうである。泌《し》むやうに笑つてゐる。

「アスタ・ニールズン！」

私一人の住居のある、西荻窪に来てみると、まるで店燈がトラホームのやうに見える。水菓子屋が鼻風邪でも引いたやうに見える。入口の暗いカフヱーの、中から唄が聞こえてゐる。それからもう直ぐ畑道だ、蛙が鳴いてゐる。ゴーッと鳴つて、電車がトラホームのやうに走つてゆく。月は高く、やつぱり流れてゐる。

暗い玄関に這入ると、夕刊がパシヤリと落ちてゐる。それを拾ひ上げると、その下から葉書が出て来た。

その後御無沙汰。一昨日可なりひどい胃ケイレンをやつて以来、お酒は止めです。試験の成績が分りました、予想通り二科目落第。云々。

静かな夜である。誰ももう通らない。――女と男が話しながらやつて来る。めうにクン〳〵云つてゐる。女事務員と腰弁くらゐの所だ。勿論恋仲だ。シヤツキリはしてゐねえ。私の家が道の角にあるものだから、私の家の傍では歩調をゆるめて通つてゐる。

何にも聞きとれない。恐らく御当人達にも聞こえ合つてはゐない。クンクン云つてゐる。

夢みるだの、イマジネーションだの、諷刺だのアレゴリーだのと、人は云ふが、大体私にはそんなことは分らない。私の頭の中はもはや無一文だ。昔は代数も幾何もやつたのだが、今は何にも覚えてゐない。

それでも結構生きながらへることは嬉しいのだが、嬉しいだけぢやァ済まないものなら、どうか一つ私に意義ある仕事を教へて呉れる人はゐないか。抑々《そもそも》私は測鉛のやうに、身自らの重量に浸つてゐることのほか、何等の興味を感じない。

世には人生を、己が野心の餌食と心得て、くたぶれずに五十年間生きる者もある。或は又、己が信念によつて、無私な動機で五十年間仕事する人もある。

私はといへば、人生を己が野心の対象物と心得ても猶くたびれない程虎でもなく、かといつて己が信念なぞといふものは、格別形態を採る程湧き出ても来ぬ。何にもしなければ怠け者といふだけの話で、ともかく何かしようとすれば、ほんのおちよつかい程度のことしか出来ぬ。所詮はくたばれア、いちばん似合つてるのかも知れないけれど、月が見えれば愉しいし、雲くらゐ漠としたのでよければア希望だつて湧きもするんだ。それを形態化さうなぞと思へばこそ額に皺も寄せるのだが、感ずることと造ることとは真反対のはたらきだとはよう云ふた、おかげで私はスランプだ。

尤もスランプだからといつて、慌てもしない泣きもしない。消極的な修養なら、積みすぎるくらゐ積んでゐる。慎《つつま》しく生きてゐるんだ。格別過去や未来を思ふことはしないで、一を一倍しても一が出るやうな現在の中に、慎しく生きてゐるのだ。酒といふ、或る者には不徳の助奏者、或る者には美徳の伴奏者たる金剛液を一つの便り、慎しく生きてゐるのだ。

発掘されたポムペイ市街の、蠅も鳴かない夏の午《ひる》、輔石や柱に頭を打ちつけ、べスビオの噴煙を尻目にかけて、死んで砂漠に埋《う》められようとも、随分馬鹿にはならないことなのを、それでもまあ、日本は東京に、慎しく生きてゐるのだ。

――なんてヒステリーなら好加減よすとして、今晩はこれで眠るとして、精神を憩《やす》めておいて、また明日の散歩だ……

毎朝十一時に御飯を運んで来る、賄屋の小僧に起こされて、つまり十一時に目を覚ます。真ッ赤な顔をした大きい小僧で、ジャケッツを着てビロードのズボンをはいてゐる。毎朝そいつの顔を見るといやでも目が覚めるくらゐニヤニヤ笑つてゐる。年《と》齢《し》は二十四ださうである。先達は肺炎を患つて、一ヶ月余り顔を見せなかつた。洋食を持つて来た日は得意である。「今日はまた、チト、変つたものを持つて上りましたァ」と云ひながら風呂敷を解く。それから新聞を読んで、ゆつくりして帰つて行く。

私は先晩の水を飲んで、煙草を二三本吸ふ。それが三十分はかゝる。それから水を汲んで来て、顔を洗ふ。薬鑵に水を入れかへたり、きふすを洗つたり、其の他、一々は云はないけれど、男一人でゐるとなると、却々《なかなか》忙しいものである。

それらがすむとまた一服して、新聞は文芸欄と三面記事しか読みはしない。ほかの所は読んでも私には分らない。だいぶ足りないのだらうと自分でも思つてゐる。

今朝の文芸欄では、正宗白鳥がホザイてゐる。勝本清一郎といふ、概念家をくすぐつてゐる。「人間の心から、私有欲を滅却させようとするのと同様の大難事である。」なぞと書いてゐる。読んでゆくと成程と思ふやうに書いてゐる。ところで私にはなんのことだか分らない。私が或る一人の女に惚れ、その女を私有したいことと、人間の私有欲なんてものとが同日に論じられてたまるものか、なんぞと、読んぢまつてから、その文章の主旨なぞはまるでおかまひなしに思つちまふ。

凡そ心も精神もなしに、あの警句とこの警句との、ほんの語義的な調停を事としてゐて、それで批評だの学問だのと心得てゐる奴が斯くも多いといふことは、抑々、自分の心が要求しはしなかつた学問を、本屋に行けば本があつたからしたんでさうなつたんだ。

「やつぱり朝はおみおつけがどうしたつて要りますなあ」だの、「扇子といふやつはよく置忘れる代物ですなあ」とか云つてれあともかく活々してる奴等が、現代だの犯罪心理なぞとホザき出すので、通りすがりに結婚を申込まれた処女みたいなもんで、私は慌ててしまふんだ。

大学の哲学科第一年生——なんて、「これは深刻なんだぞォ」といふ言葉を片時も離さないで、カントだのヘーゲルなぞといふのを読んでゐる。

欧羅巴《ヨーロッパ》がハムレットに疲弊しきつた揚句、ドンキホーテにゆく。するてえと日出づる国の大童らが、「さうだ！　明るくなくちやァ」とほざく。向ふが室内に疲れきつて、戸外に出る。すると此方《こつち》で、太陽の下では睡げだつた連中が、ウアハハハツと云つて欣《よろこ》ぶ。その形態たるや彼我相似てゐる。鉄管も管であり、地下鉄道も管である。

なあに、今日は雨が降るので、却々散歩に出ないんだ。没々《ぼつぼつ》ハムレットにも飽きたから、ドンキホッテと出掛けよう。雨が降つても傘がある。電車に乗れば屋根もある。

東京散歩

井伏鱒二

いぶせ・ますじ
1898年広島生まれ。作家。1929年『山椒魚』等で文壇に登場。『ジョン万次郎漂流記』で直木賞。1941年陸軍徴用員としてシンガポールに派遣、翌年帰国。代表作に『本日休診』『珍品堂主人』『黒い雨』など。1966年文化勲章受賞。1993年死去。

庭園研究の北川桃雄さんの先達で東京の市中を散歩した。春の日に楽しく歩くという趣旨の散歩だが、この日、四月中旬だというのに六月ごろのような陽気であった。

先ず、駒込の六義園に行った。入園料三十円である。この庭は昔は柳沢吉保の下屋敷で、現在の庭の広さは三万余坪、柳沢の頃は四万六千坪あったという。江戸名園記に、「屋敷五万余坪ありといふ。通用門を入り、右のかた長屋あり、庭の入口に門あり、六義園といふ。」と記してある。四万六千坪と五万余坪では可成りの開きがあるが、柳沢吉保は五千坪や六千坪ぐらいの差は問題にしなかったというわけではないだろう。生涯にわたって禄高が上ることばかり願っていたような柳沢である。四万六千坪の広さを五万余坪だと法螺を吹いていたのかもわからない。そうでないとしたら、脱税をねらうに近い量見で、五万余坪の広さを四万六千坪しかないと云いふらしていたのかもわからない。要するに私は柳沢吉保を好かないのである。

この庭は、北川さんの解説によると、元禄八年から十五年十月にかけて柳沢吉保の設計指揮で造られたもので、吉保の文学趣味を活現しているそうである。六義園の六義とは、和歌の六つの真髄「風、賦、比、興、雅、頌。」の六体のことで、全園の布置結構をこれに象《かたど》ってある。園中の「景勝八十八景」は、和歌の始まりと伝えられている「八雲立つ出雲八重垣」の古歌に因むものだといわれるそうである。但し、私はこの庭を見た後でその由来を北川さんから教わった。庭を見て歩いているときには、広い庭だ、絵巻物で見る藤原時代の庭のようだ、松の木までそんなように仕立ててある、明るい良い庭だ、なぜ早くこの庭を見なかったろうと、繰返しそんな感慨を催していた。

吉保築造の頃の原型は可成り失せているに違いない。江戸名園記に云う長屋も、黄檗悦峰の書いた額をかけた門もない。長屋があったと思しきあたりには、入園料を取る受附所があった。古園と較べたら相当に面目が違っているだろう。吉保の妻妾の書き残した松陰日記によると、当時この庭は現在以上に廻遊式の結構を備えていたように思われる。巡遊の順路に、休み茶屋を九箇所も設けてあった。かつて綱吉の生母桂昌院がここに来たときには、その茶店に、珍奇な品を並べたてた。陶器、草紙、文夾《ふみばさみ》、煙草入、煙管《きせる》、刻煙草、舞扇、団扇、手鞠、針、糸、香包、美濃の養老酒、備後の保命酒、薩摩の泡盛、筑前博多の甘練などの銘酒三十五種を備えつけ、高砂屋と名づける茶屋には三十種類の菓子を用意し、吉野屋には数十種の草花を並べ、橘屋には三十種の造花を花桶に活け、来賓の侍女のためには心太《ところてん》を接待する席を設け、青物店まで置いていたと記してある。将軍綱吉も前後数十回にわたってここに来たというが、饗応の模様はその都度たいていこんなようなものではなかったろうか。綱吉が順遊中にその珍奇な品に目をとめると、お目にとまったと吉保が随喜してその品を綱吉に献上する。これは私の想像ではなくて、ある信用すべき史書に大体そんなように匂わせてあった。

例の英一蝶の浅妻船は、吉保の妻妾と綱吉の仲を諷したものだと云われている。これが単なる伝説にしても、綱吉はこの六義園に来て池に舟を浮かべたことがあるのではなかろうか。ここの池は舟を浮かべても不自然でないほどの広さを持っている。夏の夜など、蚊遣をたきながら舟遊するに良いように岸が曲りくねっている。私はここの池を見て、中島は月を舟から見るとき風情を添えるためのものではないだろうかと思った。今ではこの池に派手なドイツ鯉をたくさん放ってある。どんな由緒ある名園でも、池にドイツ鯉を入れているのは面白くない。たしか桂離宮の池にも苔寺の心字池にもドイツ鯉はいなかった。あれは温泉宿の池や連込宿の池に入れる魚である。

次に湯島天神に行った。ここも私には初めての場所であった。鳩がたくさん絵馬堂のあたりにいた。私は鳩に糞をかけられるのを警戒して、絵馬は見ないで水舎《みずや》で手を洗い、満開の八重桜を見て裏手に行って見た。べつに庭らしいものはない。がらんとしたところである。ここはルンペンの休む場所になっているらしい。社殿の土台のところに行路病者らしい男が背を凭《もた》せかけ、アンペラを脱いだり羽織ったり同じことを繰返していた。突きあたりは崖で、崖下を電車が通っている。私が電車を見ていると、ぼろぼろの着物をきた浮浪者が私のそばに来て、ちょっと崖下を見て逃げるように立ち去った。

小さくまとまったお宮である。地味で落着いている。今度また、ついでがあったら、歩き疲れていないとき寄ってみたいと思った。

私はもう疲れていたが、次に後楽園を見た。この庭は六義園と趣きが違って何か陰気な感じがした。疲れていたせいもあるだろう。戦災で焼け傷を受けた大木がところどころに残っていて、下草は殆どアオキとヤツデに限られている。これがまた色合を地味に見せるように手伝っている。木立のはずれに競輪場の白い大きな建物が見え、街の騒音が筒ぬけに聞えて来る。

北川さんの解説では、この庭は水戸藩主の初代が、将軍家光から敷地を与えられ、二代光圀のときに完成さした。設計者は、徳大寺佐兵衛という水戸家お抱えの庭師である。形式は廻遊式築山山水庭園（当時流行した遠州式）である。特色は、自然の地形を利用し、邸宅と無関係に庭園自身を主にして、後苑の典型的なものだという。

池水に鴨がたくさんいた。入園料は三十円であった。

次に佃島へ行った。目的は木村荘八好みの明治風の家を見るためであった。小ぢんまりした入江に、頑丈だが粗末な木造の橋が架っていた。その橋の上に出ると磯の香がはっきりにおって来た。潮の引いた泥の上に小舟が見え、竹の束が石崖に立てかけてあった。目の荒い網も干してあった。路地《ろじ》の入口にいた六十前後の人にたずねると、これはみんな海苔《のり》をつくるために必要な道具だそうである。その人が海苔を採る話をしてくれた。

海苔をつくるには昔と違って網を使う。椰子《やし》から採る繊維でつくった二十五間の長さの網である。これを千葉の木更津の海に持って行って海苔の種をつける。九月から十月にかけて一箇月ぐらい海に沈めて種をつけ、それをトラックで持って帰って品川沖へ定置する。良い種のときには十五日間ぐらいで立派な海苔になる。

「しかし、税金が高い。場所代が高い。海苔の種つけ代だって、網一枚について千円だ。網を張る賃銀が一枚について二百円だ。竹は小さいやつが四十五円、太いやつは百円する。竹を打ちこむ賃銀が一本について百円だ。年末までに採れた海苔ならいいが、正月になると百円のものなら八十円だ。この商売は東京ではもう駄目だ。

何しろ今では、田舎でも盛んに海苔をつくるようになった。一ばんの強敵は伊勢の海苔だ。」

その人は、きれいな東京弁でそう云った。

海苔は海面から六寸以上の深さでは太陽が射さなくて腐るので、海苔網を絶えず五寸以内の深さにしておく必要がある。潮の干満にしたがって網を上げ下しに行かなくてはならぬ。冬でも冷たい水に手を入れなくてはならぬ。らくな仕事ではない。その人がそう云った。

散歩の難しさ

黒井千次

くろい・せんじ
1932年東京生まれ。作家。東京大学経済学部卒業後、富士重工業入社。「内向の世代」の一人として活躍し、『時間』で芸術選奨新人賞、『群棲』で谷崎潤一郎賞、『カーテンコール』で読売文学賞受賞。

昔に比べて、散歩することが難しくなった気がする。場所や気候の問題ではない。散歩とは本来、特定の目的を持たずにぶらぶらと歩くことを指す筈である。としたら、成立しにくくなったのは、歩くことではなく、目的を持たないことのほうである。

いつの間にか人々は大変忙しくなり、絶えず何かの目的をもって行動するようになった。歩くことについても同様である。どこかに出かけたり、そこから帰って来たりするための歩行にはもちろん目的がある。

　また、一定の時間に一定のコースを歩くような運動は、健康のためであったり、体力保持を目指すものであって、散歩とは異なる。

　更にまた、散歩するついでに郵便物をポストに入れようと思ったり、どうせ歩くのなら帰りにスーパー・マーケットに寄って豆腐を一丁買って来てくれ、などと家人に頼まれたりしたら、その瞬間にたちまち散歩は別のものへと変質する。なぜなら、もはやそれは完全な無目的ではなく、ポストとか商店に束縛された外出になってしまうからだ。少なくとも、歩く過程のどこかでそこに立ち寄ることが求められている。つまり、全くの自由ではないのであって、その時間はぶらぶら歩きの気分を損なわずにいない。

　晴れた日などに、小振りのリュックサックを背負って夫々《それぞれ》形の違う帽子をかぶり、小股ながら足早に歩く老夫婦らしいカップルを見かけることがある。元気そうで微笑ましい光景だが、これはピクニックであるかもしれないが散歩とは違う。

　日が沈んだ夕暮れ、街灯の明りが白く点り始める頃、住宅地の道で奇妙な人影に出会う折がある。気づいてすぐには人影が何をしているのかわからない。歩いているようではあるが、絶えず立ち止まって人家の垣根の前でもぞもぞしている。不気味な雰囲気で、すれ違うのも気後れがする。そんな時、人影の手から一筋の紐が延びているのを発見すると、ほっとする。紐の先には犬が繋がれており、それが垣根の下で片足を上げたり、電柱の根もとの匂いを嗅いだりしているからだ。これなども、犬の散歩ではあるだろうが、それを目的とする以上、人の散歩ではあり得ない。

そう考えてくると、純粋の散歩をするのが容易ではないことにあらためて気づく。少しでも何かの役に立ちそうな、つまり目的に奉仕してしまいそうな場所には近づかぬ用心が必要なのだから、商店や各種の施設のあるような場所にはなるべく足を向けず、郊外地に残る畑やまだ家の建たぬ分譲地の方にでも歩くしかない。

ある夕暮れ、日没に近い頃、見通しのよくきく空地沿いの道を歩いていた。大きな夕焼けが西の空一面に拡がり、その中を煮えたぎる太陽が沈んでいくところだった。こちらまで燃えるような気分で西へと一歩一歩足を進めた。これは純粋な散歩なのだろうか、とちらと考えながら夕陽の芯に向う足は止まらなかった。

海底の散歩

中谷宇吉郎

なかや・うきちろう
1900年石川生まれ。東京大学理学部卒業後、寺田寅彦に師事。北海道大学理学部教授となり雪の研究を始める。1936年、人工雪を作ることに世界で初めて成功。随筆、絵画、科学映画などにも優れた作品を残した。1962年死去。

今日の地球上で、人間の生活と縁が近いようで、その実いちばんかけはなれた世界は、水中の世界、すなわち水界である。虫も鳥も獣も人間も、空気中に住んでいる以上、それらは気界の生物である。

水中の世界は、まったく別の世界である。われわれは魚と海藻、それに各種の海中動物の知識、それだけでもって、水界の景観を描きだしている。しかしその姿は、いわば頭の中で作りだされたもので、実際の海底の景観は、水中に潜って見なければ、実感をもって体験することはできない。行動の世界は思惟をもって律することができないのと同様である。

八月十七日。忍路丸《おしょろ》は熱海の沖合、ビダガネ岩礁の上に、さっきからずっと碇泊している。気づかわれた台風は、北西にそれたらしく、海はきわめて静かである。しかし台風の影響を受けて、うねりは少しある。海水はそのためにいくぶん濁り気味で、前日の透明度十一メートルが、今日は六メートルに減っている。きのうまで紺碧であった海水が、今日は少し白味を帯びて、青磁色がかって見える。

まず無人テスト。つぎに設計者緒明氏たちの潜水。ともになんら異状が認められない。緒明氏と同乗した佐々木博士は、刻々に状況を電話で伝えてくる。海水は濁っていて、何も見えないが、機内はきわめて快適な状態にある。という嬉しそうな声である。

潜水二十分。緒明氏たちが、元気な顔をして、ハッチから出てくる。ひきつづいて、写真班の宮崎君と、製作責任者関根氏とともに、機内に乗り込む。二人乗りに設計された潜水機であるから、少し窮屈ではあるが、短時間の潜水テストには十分である。

ひととおり測器の点検をして、電話で降下を依頼する。うねりで船体が少しゆれているので、機はかなり動揺しながら、水中に入る。窓が海面にかかると、きゅうに周囲が薄緑色の世界になる。窓に砕ける波が、たくさんの泡沫《あぶく》をつくる。その無数の泡が、さかんに躍りながら、窓ガラスの前をあがっていく。ラムネびんの中にはいったような感じである。

潜水し終った瞬間に、海面を下から仰いだ景色が、非常に印象的であった。明るい海面に、無数の波紋が美しい曲線をなして、ゆらゆらと揺曳《ようえい》している。碧一色の模様ではあるが、濃淡さまざまのその配合の動きは、まさに光の生きた芸術である。天然色の映画にとったら、さぞ美しい映画ができることだろうと、のんきなことを考えているうちに、十メートルぐらい一気に潜降する。

ここで暫く潜水機を止めてもらって、観察をはじめた。四つの窓は、どれもこれも、油絵具の青緑色にホワイトを十分加えたような色をしている。機内は暗く、四つの窓からだけ、この碧の光がさしこんでくる。海水の色は、上から見た場合とは、まるで性質が違っている。水中の世界では、なんでも透過光で見るわけだから、もちろん異っているほうが当然である。ちょっと説明のしようのない色である。もし透明な碧玉というものがあったら、こういう色彩の感じを与えてくれることだろうと思う。

海水は濁っているので、透明度は悪い。しかし濁っているといっても、河川の場合とはちがって、泥がまじっているわけではない。よく落ちついて見ると、みどりの水の中に、白い粒子が無数に躍っている。そしてそれらが、窓ガラスの前を非常な速度で流れている。そういう粒子による光の散乱で、影像のコントラストが悪くなるだけであって、明るさはあんがいに明るい。海中の水平視程の研究は、まだほとんどなされていないが、これは早速よい研究題目になるであろう。

しばらく待っていると、ヴェールのかなたに、なにか動くものが見える。その一つに眼を止めると、その横にも出てくる。またその奥にも現われてくる。空気中に空気のかたまりができてくるように、これらはいわば妖精のごとくに現われてくるのである。鰺の大群であることがすぐわかった。そのうちにだいぶ窓に近づいてきたので、魚体がよく見える。予期どおりに、流麗な形をして、水の中に溶けこむような姿で泳いでいる。

ちょっと意外に感じたのは、その色である。鯵の色には、気界の生活ですでに十分馴染があるつもりであった。ところが水中では、それがまるで違った色彩に見える。というよりも、ほとんど色彩がないのである。魚体の色は、周囲の薄緑の海水の中に溶けこんで、ただその緑がほんの少しばかり濃いだけである。極端に形容すれば、ガラスの魚が泳いでいるような感じである。

もっとも考えてみれば、当然のことであって、これが魚にとっては保護色になるのであろう。生活環境の光に、体色が支配されるので、きわめて自然なことともいえる。鯵にとっては、太陽光は白色光ではないのである。それにしても、ビーブその他の外国の学者たちが、水中写真を撮り得なかった理由も、少しわかるような気がした。写真撮影にはきわめて困難な棲息状態で、生きているわけである。

海底の景観について、われわれはすでに相当の知識があるつもりでいる。小学生の雑誌の口絵にも、よく海底の絵がでている。赤い珊瑚の林の間に、色とりどりの海藻が雑草のごとくに群生し、その間をいろいろな魚が泳いでいる景色がそれである。

しかし実際の海底は、まるで違った景観である。一番嬉しいのは、色彩がまるで別の世界に属していることである。第一回のテスト潜水で、深度は二十メートルふきんと測定されているのに、二十メートルまでもぐってみても、底らしいものは、ぜんぜん見えない。周囲の窓ガラスはもちろんのこと、海底観測用の底部の窓も、依然として、碧玉色の薄明である。ただ底部の窓から見える光が、少し濃いみどりを呈しているにすぎない。

うねりのために、船の動揺が相当あり、潜水機もかなり動いているらしい。ちょっと危険な感じもしたが、思いきって海底に着陸してみる気になって、電話で連絡をする。船の上では相談があるらしく、ややしばらくしてから応答があって、「それではさげます」という。ところが驚いたことには、二メートルも降りたか降りないかと思ううちに、がくんと猛烈なショックがあって、潜水機は擱座《かくざ》をしてしまった。同時に機はどっと傾いて、すぐ眼の前に、尾翼がぬっと見えてきた。搭乗員は将棋だおしになり、上からざあっと水が降ってくる。ガラス窓が破れたかと、ちょっと冷やっとしたが、これはどこかにたまっていた水らしい。こんなことが起ろうとは、夢にも考えていなかったので、測器類のうちで、簡単に壁にかけてあったものが、がちゃがちゃと落ちてくる。海底の断崖のところに着陸したらしい。

横倒しになりながらも、電話器は放さなかったので、すぐ一メートルほど上げてくれと頼む。あとから考えてみると、胴体のほうに浮力がきいているので、横だおしになっても転がることはないはずである。その点致命的な心配はないのであるが、あまりとっさのことなので、少々慌てたらしい。

母船上での操作は非常に巧くいっているらしく、数秒のうちに鋼索がぴんと張られ、機はほぼ正常の位置にもどる。この間きわめて短時間の間に、窓ガラスの前に現出したのが、待望久しき海底の真景観であった。

一言につくせば、それは白褐色の世界であった。けわしい岩礁が寄りそって、その間が暗い断崖になっている。岩礁は、岩肌がぜんぜん見えないほど、珊瑚と海百合と海藻とでおおわれている。珊瑚といっても、珊瑚礁を作る連中の仲間で、もちろん真紅の本珊瑚ではない。ごく少しばかりの褐色を帯びた白い色をしている。細く枝わかれしたその白い灌木の間に、褐色の海藻が群生している。海藻の知識がぜんぜんないので、種類は全くわからないが、形はどれもてんぐさに似て、細い糸屑の束のような姿である。色はとりどりに違っているので、少なくとも三種類はあるのであろう。ただ違った色彩といっても、いずれも白褐色の系統で、その褐色の程度に幾分の差があり、それに黄色か赤色かが、少し加わっているくらいのちがいである。昆布のような形の藻も、二、三本視野の中に見えるが、これは少し濃い褐色である。長さは三尺ぐらい、北海道の海辺で見る昆布の半分もない。

こういう海藻類も、空気中に引きあげてみれば、それぞれもっと違った色に見えるのであろう。しかし海底では、どれもだいたい似た色彩に見える。一面に薄靄のかかった一様な調子《トーン》である。これに似た景色を前に見たような気がちょっとしたが、それは錯覚であって、この景観の記憶は、ヨーロッパの古城に秘められた古いゴブラン織の思い出である。本来けばけばしい色彩を嫌った貴いゴブラン織の壁掛が、長い年月のうちに次第に色があせて、一様に薄い黄褐色の調子を帯び、独得の美しさを呈している。海底の真景観の美は、このゴブラン織に通ずる美しさであって、雑誌の色彩口絵の色調ではない。

魚の場合でもそうであったが、海底の景色もまた、写真に撮るには、もっとも不適当な色調である。横倒しになりながら、同乗の写真班宮崎君に、急いで写真を二、三枚撮ってもらったが、ほとんど写っていなかったことが、後になってわかった。

そういえば、外国にも海底の写真で、いわゆる美しい写真は、ほとんどないようである。それが本当なのであろう。

しかしいわゆる美しい写真にはならなくとも、このゴブラン織の世界は、別の意味で、非常に美しい世界である。天然色を使えば、あるいはこの独得の美を気界に伝えることができるかもしれない。

散歩

池波正太郎

いけなみ・しょうたろう
1923年東京生まれ。小説家、劇作家。おもな著作に『鬼平犯科帳』『剣客商売』『仕掛人・藤枝梅安』の三大シリーズなど。『食卓の情景』など旅、食、映画に関する随筆も多数ある。1986年紫綬褒章受章。1990年死去。

四十余年もの間、フランス映画の第一線で活躍して来た老優ジャン・ギャバンが十年ほど前に、レジオン・ドヌール勲章をフランス政府から授与されたとき、ギャバンは折しも〔水門の男爵〕の撮影中であったが、エピーネ撮影所のセットの中で、お祝いのパーティが、ささやかにおこなわれた。

「もっと、盛大に……」

という声も大きかったのだが、ジャン・ギャバンは、

「いや、これは、ごく個人的な祝い事なのだから……」

と、辞退をし、若いころのギャバンを手塩にかけて育てたジュリアン・デュビビエ監督など、ごく親しい人びとのみを招き、なごやかなパーティだったという。

その席上で、ギャバンが、

「人間、欲を出したりしたらダメだね。いつまでも欲を捨てない人は不幸だよ。ことに、女に目うつりをするのが、その中でも、いちばん不幸だね」

と、もらした。

ジャン・ギャバンは、若いころに、女優ガビ・バッセと結婚し、間もなく離婚。その後、レヴュー・ダンサーのドリアーヌと再婚したが、これまた別れ、十七年後の四十五歳になってから、ファッションモデルのドミニク・フールニエと結婚し、一男二女をもうけて今日に至った。三度目の正直で、ギャバンは、やっと糟糠《そうこう》の妻を得たことになる。

私は、彼が若いころに演じた〔白き処女地〕の純朴の猟師・フランソワから、兵士・労働者・盗賊の親分・ギャング・医学博士・探偵・刑事など、さまざまの役柄

を一流のリアリティをもって演じつくし、近作〔暗黒街のふたり〕で白髪の保護司に扮した彼までを見つづけて来たが、なるほど、
「女に目うつりするのが、もっとも不幸……」
だと、さりげなく述懐したギャバンの言葉に、結婚に二度も失敗した彼の、過去の苦い経験が察せられて、苦笑を禁じ得なかった。他の俳優なら、これほどの共感は得られなかったろう。ギャバンなればこそである。むかしから彼の映画を見つづけ、彼の演技を愛しつづけてきたものなら、だれしも、そうおもうにちがいない。

　ところで……。

　ジャン・ギャバンは、このときのパーティで、つぎのような言葉を吐いている。

「……役者は勲章をもらっても、まさか、胸にブラ下げて映画へ出るわけにはいかないしね。いままでと同じに、私の中身はすこしも変っちゃいませんよ。一週間に一度はカンシャクを起して女房子供にきらわれる男なんだ。ただ、私が勲章をもらえるようなことをしたと自分でおもえるのは、約束を破らなかったこと。金のない相手に金をくれといわなかったこと。酔っぱらわなかったこと。それに浮気をしなかったこと。あとは自分の商売を長くつづけて飽きがこなかった根気でしょうか

ね」

さらに、また、

「むずかしいことは、その道の商売人が考えてくれる。人間はね、今日のスープの味がどうだったとか、今日は三時間ばかり、一人きりになって、フラフラ歩いてみようとか……そんな他愛《たわい》のないことをしながら、自分の商売で食っていければ、それがいちばん、いいんだよ」

と、この最後の言葉が、私は大好きである。

散歩の醍醐味は、これにつきるのだ。

同じ散歩でも、

「今日はひとつ、一人きりでフラフラ歩いてみよう」

という散歩と、日課の散歩とでは、だいぶんにちがう。

私は、夜ふけから朝にかけて仕事をし、目ざめるのが正午近くなる。起きて、しばらくは頭も躰も、よく、はたらいてくれない。食事をしてから、家の近所を散歩するうちに、すこしずつ、頭もはっきりしてくるのである。

こういう状態の散歩だから、車輌の往来が激しい道は、まことに危険なのだ。

さいわいに、近くの商店街はアーケードがついていて、車輌の通行を禁止している。

その商店街を端から端まで歩き、帰宅すると、四、五十分にはなろうか。

このときの散歩中に、

「今日は、どの仕事からはじめようか……」

という気持が、しだいに、かたまってくるのだ。

週刊誌の小説にするか、または月刊誌の小説を、たとえ二、三枚でも書き出しておこうか……などと、その日の気分によって、仕事の種類をえらんでゆく。だから、原稿の締切りが迫っていては、ダメなのである。私は、そのように仕事をすすめているし、仕事によって、締切りの日の一カ月前を、

「自分自身の締切り……」

に、しておくこともある。

そして、今日やろうとする仕事が決まると、歩いているうちに、今日の仕事の分量だけのシチュエーションやシークエンスや、登場する人間たちの声などが、断片

的に脳裡へ浮びあがってくる。これが浮ばぬときは、別の小説に取りかかったほうがよいのである。

何も彼も、浮びあがって来ないときは、帰宅して着替えをし、外へ出て映画を見るとか、買物をするとか、気分を変えることにつとめる。こういうときの散歩は、それほどに、たのしいものではない。

散歩が、いちばん、たのしいときは、仕事のことを忘れてしまわなくてはならない。

ところで……。

商店街が私鉄の駅前に近づくと、書店がある。ここへは、かならず立ち寄る。人間の眼というものは、昨日、同じ書店の棚を見ていて気づかなかった本を、今日、見出すことがあるのだ。そこにはやはり、昨日とちがった今日の神経がはたらいているのだろう。小説の資料などを探すときは、古書店へたのめばすむことだが、それ以外の、たとえば何年か先に書きたいとおもっている小説に関係した本が眼にとまるのも、根気よく、書店の棚を見てまわるからなのだ。我家の近くに古書店はないが、新刊書の棚を毎日ながめることによって、おもいがけない本を見出すことがある。たとえば私の小説とはまったく関係のない料理の本とか、医学書とか建築関係の本とか、または、釣の雑誌などから、意外の発見をして、それが自分の仕事にむすびついてくることが多いのだ。

書店を出てから、私は帰途につく。

そして、商店街から横道へ入ったところにある魚屋へ立ち寄るが、買物はしない。もしも夕飯に食べたい魚や貝類があれば、それを帰宅してから家人に告げておくのである。

いまは冬だから、日課の散歩は足でしているが、春から秋にかけて、自転車に乗り、すこし遠い商店街へも出かけて行く。自転車の場合は、車輛の多い大通りへも出るので緊張し、たちまちに目がさめる。

そのかわり、今日の仕事の段取りを考えてなぞいられない。どうも散歩は、自分の足でしたほうがよいようだ。

いずれにせよ、日課の散歩は、それほどたのしいものではない。

私の一日のはじまりでもあるし、それはまた、一日の苦痛のはじまりでもあるからだ。

私も十三の年に世の中へ出てから、いろいろな職業についたが、小説を書く仕事ほど辛《つら》いものはなかった。

一年のうちに、

「さあ、やるぞ！」

と、張り切って机に向える日は、十日もないだろう。

散歩が終って、帰宅し、郵便物を整理しているうちに来客がある。その応対をしていても、絶えず、夜から取りかかる仕事のことを考えている。

夕飯がすむ。晩酌に酔っていて、すぐにベッドへ入り、二時間ほど、ぐっすりとねむる。

目ざめてからも、なかなか仕事にかかれず、気が重いままに入浴をすませ、夜食をとり、それから万年筆を手に取る。

一枚、二枚と苦痛のうちに書きすすめるうち、すこしずつ、調子が出て来る。

明け方までに十五枚書ければ、よいほうだろう。

一年に三度ほどは、散歩をしているうちに、つぎからつぎへと書くことが浮んできて、帰宅するなりペンをとって、日中から翌朝にかけ、六、七十枚を書いてしまうことがある。

その翌日は、もう、いけない。一枚も書けなくなっているが、しかし、二日三日は仕事をしないですむ。

そうしたときにこそ、私は、たっぷりと自分だけの散歩をたのしむことができるのだ。

それでも、私は、一週間のうちに、二日か三日は、半日の自由な時間をもつ。

それは映画の試写会へ出かける日なのだ。

いま、私は月刊S・G誌に映画のページをもっているので、洋画各社が試写の日を前もって知らせてくれる。だから、その日にそなえて仕事をすすめ、試写の当日は、いくぶん仕事を楽にしておくことができるからだ。

試写がある当日は、目ざめたとたんに、胸がわくわくしている。

これは少年のころから親しんでいる映画を観ることが、たのしくてたまらないからだし、映画を観終ったあとの数時間の散歩のうれしさがそうさせるのであろう。

映画を観終って、このごろの私は、どうしても、自分が生まれ育った土地へ足が向いてしまう。

私は、浅草の聖天町に生まれ、昭和の大戦が終るまでは、浅草永住町で育った。

したがって、浅草と上野へ足が向くことが多い。

永住町は、浅草六区の盛り場と上野公園の中間にあり、双方の盛り場は、少年時代の私の遊び場所でもあった。

五十をこえると、やはり、故郷《ふるさと》がなつかしくなるものなのだろうか……。

東京人に故郷はない、と、東京人自身が口にするけれども、私はそうでない。私の故郷は誰がなんといっても浅草と上野なのである。

今年の夏の或る日。例によって浅草へ出た私は、並木の〔藪《やぶ》〕へ立ち寄り、酒を三本ほどのみ、蕎麦を食べてから、駒形橋へ行き、橋の中程で大川（隅田川）の川面《かわも》をながめているうち、

「あっ……」

という間に、二時間がすぎてしまったことがある。

いったい、その二時間を、私は何を考えながら大川を見下していたのだろう。

いや、何も考えてはいなかった。

ただ、ぼんやりと川面を見ているうちに二時間がすぎてしまい、あたりに夕闇が

たちこめているのに気づき、時計を見て愕然《がくぜん》としたのだ。

（こいつは、どうも、おれも耄碌《もうろく》したのではないか……？）

と、むしろ不安になったほど、そのときの二時間の時のながれが、いまもって、私にはわからない。私は十分か十五分、川面をながめていたにすぎないとおもっていたのだが、たしかに二時間がすぎていたのだ。

仕事のことも家族のことも何も彼《か》も忘れて、フラフラと歩む散歩の時間は、このようなふしぎさをたたえているものなのである。

そして、こうした散歩の後では、気分もほがらかになり、体調もよくなるものなのだ。

このごろは、浅草へ出る前に、柳橋へ立ち寄ることがある。柳橋の上に立ち、両国橋をながめたり、西方から神田川が大川へそそぐ景観をたのしむ。

そそぐといっても、いまは濁った水がどんよりしているだけにすぎないのだが、江戸から明治・大正という時代を経て今日にいたるまで、このあたりの地形と、わずかに名残りをとどめている瀟洒《しょうしゃ》な風俗が貴重におもえるからだ。

柳橋の花街も、いまは、むかしほどではないと聞く。

つい、二、三年ほど前までは、大川に面した座敷にいると、暗い川面の向うから船行燈《ふなあんどん》をつけた小舟が近寄って来て、新内《しんない》や声色《こわいろ》を聞かせたものであった。

新内の三味線《しゃみせん》が川面に聞こえ、船行燈が夜の闇の中をすべって来るのをながめていると、それが、まぼろしのように感じられたものだ。

ということは、すでに、遊びの中にもこうした余裕が失われつつあったのである。果して、間もなく、大川辺りには〔護岸〕と称し、コンクリイトの堤が築かれ、川辺りの人びととの交流を絶ち切ってしまった。

護岸といっても、これは大川の悪臭が非難されたからに他ならない。

悪臭の源は放置したままで、今度は、大川辺りの上へ高速道路を架けてしまった。

当時は、いわゆる高度成長に狂奔《きょうほん》しかけていたときで、都市の機能と人びとの生活にあらわれる歪《ひずみ》を、政治家や役人が、みな〔泥縄式〕に処理してしまったのである。

だが、柳橋界隈《かいわい》の川面には、まだ、舟が浮んでいる。

ときには鷗《かもめ》の群れが羽をやすめていることもある。

川辺りの天ぷら屋へ上って、仕度ができるまで、神田川に面した小座敷で酒をのみながら待っていると、何やら船宿の二階にでもいるような気持になってくるのだ。

柳橋から歩いて浅草へ向う道は、車輌が渦《うず》を巻くように飛び走っているが、浅草へ近づくにつれ、その数が減ってゆく。吉原《よしわら》の廓《くるわ》が消え、六区の映画・演劇が滅亡しかけている、いまの浅草は、たしかに以前とくらべて、

「さびれた……」

と、いえよう。

つまり、浅草の夜が、さびれたのである。

だが、このあたりの人びとは、何度も災害を受けながら、土地からはなれない。昭和の大戦の空襲で焼野原になったのに、例年のごとく草市が立ち、四万六千日の行事がおこなわれた。

当時、私は山陰の海軍航空基地にいたが、このことを母の手紙で知ったときの心強さは一口にはいいがたい。それはやはり、浅草が故郷だったからであろう。

いまの浅草は、六区の盛り場に、ほとんど車輌を通さない。

したがって、のんびりと歩むことができる。

雷門《かみなりもん》の近くの細道に、小さな鮨屋を見つけ出して、大酒のみの女の職人がにぎ

る鮨を食べたり、この店のうまい酒をたっぷりとのむのもこうしたときだ。

夜半から仕事をもつ私は、ちかごろ、あかるいうちに酒をのむことにしている。昼日中《ひるひなか》に赤い顔をして歩いていられるのも、浅草なればこそだ。

それから仲見世《なかみせ》をぬけて、観音さまへ詣《まい》るわけだが、途中、江戸玩具の〔助六〕へ立ち寄ることもある。

この店の細工物《さいくもの》は、いまの東京が誇る数少い逸品である。いまだに、江戸の雰囲気をつたえる細工物が息づいている。そうした職人が、まだいるのだ。

また、大川辺りの駒形堂の前で、しばらく佇《たたず》んでいることもある。〔江戸名所図会《ずえ》〕に見られる、このあたりから雷門にかけての景観は、いかにすばらしいものだったろうか。

それを微《かす》かに偲ぶことができるのは、駒形堂が、むかしのままの場所に再建されているからなのである。

散歩中の、私の感慨《かんがい》は、老人が、むかしをなつかしがって繰言《くりごと》をいっているのではない。

江戸時代を背景にした小説を書いて暮しているから、知らず知らず、そうした想いにとらわれるのであろう。

それにまた、近年は、何故か、私の小説にも若い読者が増えた。

そういう若者たちが、私の小説の中の江戸の風物を知って、

「江戸時代の東京って、こんなに、すばらしかったのですか……」

驚嘆するのである。

いうまでもなく、私は、江戸を見たわけではない。

ただ、幼少のころから自分の目で見てきた、戦火に焼ける前までの東京の姿と風俗をたよりに、江戸時代の資料をふくらませているにすぎない。

それでも、若者たちは瞠目《どうもく》してしまう。

「戦前の東京には、蟬《せみ》が鳴いていた」

というと、信じられぬ顔つきになる。

「大通りを、馬や牛が荷車をひいて行き交っていた」

というと、

「まさか……?」

あきれたような顔つきになる。

「道を歩きながら、本を読んでいた」

というと、ふしぎそうな顔をする。

だからもう、明治時代はいうにおよばず、昭和二十年以前の東京も、まさしく、

「時代小説の世界……」

に、なってしまったのだ。

しかし、浅草のみならず「何も彼も忘れて、フラフラと三時間ほど歩いてみよう」という場所は、まだ探せば、東京にいくらも残っている。

そうした、自分が気に入った場所を一つでも二つでも探し出すことが、つまり〔散歩〕なのである。

「歩かぬと健康によくないから」

などという散歩は、私にとって散歩ではない。

いま、こころみに手もとの辞書をひいて見ると、

〔散歩――ぶらぶら歩きまわること。そぞろ歩き〕

とある。

これで、散歩と運動とは別のものであることを、私は再認識したわけだ。

散歩とは何か

小川国夫

おがわ・くにお
1927年静岡生まれ。作家。青年期にカトリックの洗礼を受ける。「内向の世代」の代表的作家として活躍し、『逸民』で川端康成文学賞受賞。代表作に『アポロンの島』『悲しみの港』『ハシッシ・ギャング』など。2008年死去。

生家に住んでいて、しかも（ほとんど）生れた場所で原稿を書き続けているのが、私の妙なめぐり合わせです。そして歩いて四、五分のところにある母校藤枝東高等学校では、二十年も前から、三年に一度講演するしきたりになっています。過日も演壇にあがりましたが、私の話がおもしろくないことをいち早く見抜いたのでしょう、生徒たちがざわめいていました。すると一人の先生が彼らのなかに割ってはいり、静かにしろ、小川さんがお元気なうちに話をうかがっておけ、とたしなめるのが耳に入りました。

この一言を遺憾に思いすぎたのか、私はやがて次のように口走ってしまいました。本校の近くにはかなり眺めのいい蓮華寺池もあり、ざっと回っても千五百メートルですから、適当な散歩コースなのですが、どういうわけか、私の足はあっちへ向わなくなりました。長年かかって定着した私の道筋は、本校のまわりを、大体生け垣に沿って一周しているのです。なぜそうなったのか、特に理由はありません。

ここまでは良かったのですが、いわずもがなのことをつけ加えてしまったのです。曰く。別に本校を愛しているわけでもありませんが。

いや、考えてみると、やはり好きなんですね、母校ですから、とでもさらにつけ加えておけばよかったのです。生徒たちは気にすることもなく忘れてしまったでしょうが、私は今も気にしています。今さら出向いて、実はこの学校を愛しているんです、と訂正したりすれば、変なおやじ、と思われるでしょうし……。

それではなぜ、私がほとんど無意識にこのコースに惹かれたのか。説明しようとするとややこしいのです。グランドでサッカーや野球を練習している生徒とか、ひっそり弓を引いたり、プールでにぎやかな声をたてている生徒も好ましいものです。それに道沿いの草木にも馴れ親しみました。たとえば、晩夏ならば、彼岸花の小さな群がすくっと立っていて、じりじりと燃えている感じとか、晩秋から冬にかけては、光のおおような反映体としての薄の穂が、特に夕方には豪奢なおもむきすら見せるのとか、さらに、月、星、雨など、それぞれにおもむきがあるのです。しかしこう書いても、コースの佳さを表現したことにはなりません。どこの曲がりかどのくちなしや菊の匂い、水の匂い、枯葉の匂い、竹藪の葉ずれの音とか、勿論人家の灯とか車のライトとかも介在します。これらが一つながりのものとしてあるのが、私の散歩コースなのです。世にまれなものなどありません。平凡な味のスープが体質にフィットしてしまったのと同じです。

こう書いてきますと、眼が外にばかり向いているような印象になってしまうかもしれませんが、しかし、そんなことはありません。むしろ反対で、気持は内にこもりがちなのです。やはり、最近読んだ本の内容に思いふけったり、原稿をどう書き進めたらいいだろうかと、とつおいつ考えながら歩いている時間が大部分なのです。そんな折り、あなたはいいな、散歩していれば商売になるんだから、と声をかけてきたある銀行の幹部があったけれど、考えてみれば、たしかにそういうことなのです。

このように長年散歩に散歩を重ねた末、最近あこがれている理想の境地は、歩きながらすべてを忘れることです。眼前を流れるものを見ないわけにはいかないにしても、その意味は消え去り、いわば、いつでもない時間に入り、どこでもない場所を行く、そして、だれでもない自分になってしまう……そんな散歩はないものでしょうか。

歩き歩き、物思う……

遠藤周作

えんどう・しゅうさく
1923年東京生まれ。小説家、評論家。『白い人』で芥川賞、『海と毒薬』で毎日出版文化賞、『沈黙』で谷崎潤一郎賞受賞。狐狸庵先生シリーズなどユーモアあふれるエッセイでも知られる。1996年死去。

年をとる事は寂しいものだが、年とったゆえに味わえる情感もあるのだ。

今年の春、本格的な小説を書きあぐね、活路をみつけるため京都嵯峨野にしばらく閉じこもった。持参した本は嵯峨野に庵を結んだ六如の漢詩集と蕪村の句集の二冊だけである。別に深い理由があるわけでなく、この二人が嵯峨を材料にして詩作しているからだった。

嵯峨の春はまぶしいほど美しいかわりにけだるい。そのけだるい春を私は小さな家に閉じこもって満喫した。草稿に向っていると念仏寺の鐘の音と、鶯の声とが次々と聞えた。その音を耳にしながらいつか仮寝をして眼がさめると、

うたゝ寝のさむれば　春の日ぐれたり

という蕪村の句が老いた身には切実な響きで心に蘇ってくる。

夕暮、騒しい若い男女が嵯峨野から引きあげたあと、そっと散策に出かける。人影のたえた寺の境内に、まるで男に棄てられた女のように桜の花がしょんぼり咲いている。

歩き歩き　物思ふ春のゆくへかな

若い頃、この句を読んだ時、さして感銘をおぼえなかった。壮年になってもこの一句が心に迫ってきた記憶はない。

しかし年老いた今、夕暮の嵯峨野の、「千代の小路」を歩きながら、ふと、この句を思い出し、私は自分が「歩き歩き、物思う、春のゆくへかな」であることに気がついた。

歩きながら、私は残り少い人生であと何度、こうした春にめぐりあえるのかと考

えていたのである。「物思う」という言葉の意味は「人生を思う」ことにほかならぬと私は長い間、気づいていなかったが、それが実感となってはじめてこの句の持つ何ともいえぬ寂しさを味わうことができた。

年をとる事は寂しいものだが、年とったゆえに味わう情感もあるのだ。

奥嵯峨の秋

湯川秀樹

ゆかわ・ひでき
１９０７年東京生まれ。物理学者。京都帝国大学で理論物理学を学び、28歳で「中間子理論」を発表。理論物理学に大きな影響を与え、１９４９年日本人初のノーベル賞（物理学賞）を受賞。平和運動にも積極的に参加した。１９８１年死去。

あだし野はこことも知らず萩の花しだるる路を分けて入りにし

もう十年以上も前のことになるが、嵯峨野の奥の祇王寺《ぎおうじ》を訪れたあと、うしろの竹藪の中の路をあてもなく辿ってみた。竹の落葉の足ざわりは、にぶく、ふんでも音がしない。ふと見あげると、竹の梢の間に、まだ明るいが、もう大分、青味のうすくなりつつある空があった。たそがれゆく秋の日の、ひとときの色、これが寂光というものであろうかと思った。

少し歩くと竹藪はなくなって、背の高い秋草のしげみの中に、人ひとり、やっと通れる路が続いていた。この路も、やがて山水《やまみず》の流れと、ひとつになってしまった。せせらぎの中の小石をふみながら、花をつけた萩が両側からしだれるのをかきわけて進んでゆくと、広い空間が急に目の前に開けた。よく見ると、小さな卵塔がすきまなく並んでいる。その向うに、ぽつんと一つ、お堂がある。索莫たる風景である。いつのまにか、この世からあの世へ通り抜けてしまったような感じがした。あとで聞けば、ここがあだし野だったのである。

嵯峨野といえば「秋のあはれのいと深き」などという形容詞が、私たちの固定観念となってこびりついているが、嵐山のあたりの、まだ花やかさのある景色から、野宮、二尊院とたどるにつれて気分が変ってくる。その終りが、あだし野とは、まことに見事な、自然と人間の息の合った演出というほかはない。

雄鹿なく嵯峨野の秋のあはれさの深くなりゆく果てはあだし野

鎌倉——ぼくの散歩道

田村隆一

たむら・りゅういち
1923年東京生まれ。詩人。明治大学卒業。戦後、鮎川信夫らと「荒地」を創刊、戦後詩の旗手として活躍した。詩集『言葉のない世界』で高村光太郎賞、『奴隷の歓び』で読売文学賞。推理小説の紹介・翻訳でも知られる。1998年死去。

ほんの一漁村にすぎなかった鎌倉に、十二世紀の末（一一九二年）に出現した武家政権が、十四世紀初頭（一三三三年）に滅亡するまでの舞台となった中世の町は、おびただしい寺院を残したまま、近世ではふたたび一漁村にかえって、まるでタイム・カプセルにつめこまれたように明治二十年まで、ほそぼそと生きながらえてきた。

中世から、いきなり現代に直結させたのは、明治二十二年の横須賀線の開通だった。つまり、東京から横須賀の軍港に直結する軍用列車のおかげで、鎌倉は現代によみがえったのだ。

大正年間にはサナトリウム、老人の避寒地になり、昭和に入ると別荘ブームが到来し、夏は海水浴場となった。戦後は東京のベッド・タウンになり、大資本による造成地の開発がつづいて、新住民が激増する。

夏は若者たちの世界で、サーフィンとヨットで海岸は占領される。そしてマグロのような若い女性のセミ・ヌードと、イワシのような青年たちの群れ。海の家のスタイルだけは、頑固に伝統を墨守していて、ムギ茶やゆでアズキのかわりにコーラとアイスクリームを売っているだけ。

では、老人たちと旧住民たちは、どこに身を隠しているのか。

それは谷戸である。

谷と書いて、ヤト、あるいはヤツと発音する。江戸時代から知られている代表的な谷は三十六あって、

薬師堂谷、胡桃ヶ谷、牛蒡ヶ谷、宅間ヶ谷、犬懸谷、釈迦堂谷、葛西ヶ谷、比企

ヶ谷、経師ヶ谷、桐ヶ谷、尾藤ヶ谷、巨福呂《こぶくろ》谷、鶯谷、亀ヶ谷、勝縁寺谷、石切ヶ谷、扇ヶ谷、泉ヶ谷、智岸寺谷、藤ヶ谷、法泉寺谷、清涼寺谷、御前ヶ谷、山王堂谷、梅ヶ谷、無量寺谷、法住寺谷、佐介谷、七観音谷、佐々目谷、月影の谷……

そのほかに小さな谷をいれたら、どのくらいの数になるだろうか。ぼくが住んでいた稲村ヶ崎の小さな谷を思い出しても、一の谷、西ヶ谷、馬場ヶ谷、姥谷《うばがやつ》、といったぐあいで、しかもそれぞれに個性と風情がある。旧住民の民家がひっそりと谷あいに身をひそめていて、その庭には四季の花がたえない。思いがけないところにペンキ塗りの木造洋館があったりして、ぼくを愉しませてくれる。

＊

大小の台風が日本列島を通過すると、鎌倉は透明な秋の光のなかで息づきはじめる。

十数年まえに鎌倉の新住民になったばかりのころ、ぼくは北鎌倉の瓜《うり》ヶ谷《やつ》をよく歩いたものだ。ある秋の午後、駅前の鎌倉街道を横断して、細い小路に入り右折したまま歩いて行くと、瓜ヶ谷に出る。どの民家の庭にも、秋の果実が枝もたわわにみのっている。栗、柿、ヒメリンゴ、梨、夏柑……たぶん、ヒヨドリやコジュケイの餌になるのだろう。

この谷には、プロテスタントの信者でドジョーすくいの名手であるA夫人やジャコメッティのモデルになった哲学の教師をしているY氏が住んでいて、ときたま襲ってはウイスキーをご馳走になったものだが、この日は「隠里（かくれざと）」を訪ねるので、さっさと通りこした。

この谷には細い野川が流れていて、桜並木。谷の奥は大きくひらけていて、鎌倉にはめずらしい稲田が黄金の穂をたれていたっけ。

しかし、宅地造成の波にあらわれて、谷の斜面には自動車道路が貫通していて、新住民のプレハブ住宅が軒をつらねている。この分だと、瓜ヶ谷の稲田の余命、いくばくもなし、という感じ。

ぼくは急勾配のアスファルト道路を、下駄をならしながら、葛原《くずはら》ヶ岡《おか》を目指して、細い山道に入る。

下駄といえば、東京から鎌倉に移ってきたとき、まっさきに買ったのが下駄なのである。鎌倉の谷や小路には、下駄がいちばんふさわしいからだ。

葛原ヶ岡。刑場の露と消えた南朝の忠臣といわれた日野俊基の霊を祀った神社。その死の翌年、一三三三年、新田義貞によって鎌倉幕府は滅ぼされる。その岡つづきに、源氏山があって、眼下に鎌倉の町が眺められる。桜の木におおわれた源氏山をぬけると、「隠里」があって、江戸時代の『新篇鎌倉志』には、

「隠里　稲荷の近所にある。大巌窟を云ふなり。銭洗水《ぜにあらいみず》　隠里の巌窟の中にあり。福神銭を洗《あらふ》と云ふ。鎌倉五水の一也」

また『鎌倉攬勝考《らんしょうこう》』には、

「銭洗水　佐介谷の西の方にあり。土人いふ、むかし福人此清水にて銭を洗ひしといふ。妄誕の説なり。按するに、此辺に大ひなる岩窟有を、土人隠れ里といふ。されは上世此所にて銅気のある岩を掘て、此水にて洗ひ試し事もや有し、其ふることを誤り伝へしならん」

なにをかくそう、「隠里」とは銭洗弁天のことで、鶴ヶ岡八幡宮は応神天皇をおまつりしてあって、武の神さまであると同時に詩の神さまなのだから、イの一番に参詣しなければならないのだが、この世で詩を書いて生きて行こうと思ったら、銭洗の弁天さまのお力をかりなければならない。そこで、こっそりと「隠里」を探訪し、ローソクを奮発し、ポケットのお札を二、三枚、ザルに入れて、霊水で洗ったら、たちまち、翌年の春、アメリカに招待されて、東部から西部へと大学で詩の朗読をして歩いて、お金が儲かったのである。弁天さまの御利益を吹聴したら、ブラジルの美女マリリア・サントスまで「隠里」にお詣りするようになり、以来、カルダンのドレスしか着なくなった。「ヘビの日には、どんなに忙しくてもお詣りします」。東京とロサンジェルスを往復しているカトリックの美女は、大真面目なのである。

＊

とくにぼくが好きな鎌倉の季節は、サザンカと椿の花の晩秋初冬と、水仙、梅の花咲く早春だ。真冬は、西風の強い日があって、そういうときは、七里ヶ浜に出ると、丹沢山系と白雪の富士がくっきりと姿をあらわし、相模湾の彼方の伊豆半島の天城山に赤い夕陽が落ちて行く。

晩秋初冬、稲村ヶ崎の谷の奥にあるわが家の裏山から極楽寺におりる山道はすばらしい。萩の花が散り、ススキが銀色の穂を出し、赤トンボの群れが行き交う。

裏山には超ミニの熊野権現の小社があって、小さなリンゴが二つ供えられていたりする。それからグミの実が落ちている山道をのぼりつめると、夏草におおわれていた細い十字路もくっきりあらわれて、左手（西）は旭ヶ丘を経て鎌倉山にいたり、右手（東）の尾根をつたわって行けば、極楽寺の裏山、さらにその先を下れば、「月影の谷　若葉して道清し」の句碑が立っている、阿仏尼、『十六夜日記』の作者の屋敷跡に出る。

ぼくは北側の谷をおりる。十一月の声をきけばウルシ科の葉は、あざやかに紅葉し、火のように燃える。道は岩盤で、紫、紅、黄、ブルー、グリーン、ピンクの小さな木の実と、ウイスキーの琥珀やワイン・レッドの色とりどりの落葉で埋めつくされている。土地の人は、この北側の谷を「月影」と呼んでいる。谷をおりきったところに、ひなびた地蔵堂があって、等身大の木造地蔵菩薩像が安置してある。その名も月影地蔵。左手にまがれば刈入れ近い黄金色の稲田を経て西ヶ谷。この谷の奥には、鎌倉時代特有の「やぐら」と呼ばれる武家の洞窟状の墓所がいくつかあって、自動車のガレージになったりしている。霊あらば怒り給え。

ぼくは細い野川に沿って右折する。極楽寺の方へ。

この境内は陽だまりになっていて、冬の午後などアケビのツルがからまっている棚の下のベンチに腰おろし、タバコを吸っていると、いつのまにかウツラウツラしてくる。真言律宗のお寺で、五万人余の病者のために施療にあたった忍性《にんしょう》の開山。幕府滅亡の戦火で、七堂伽藍、四十九院、それに慈善救済施設があったという壮大な大寺院も焼滅し、わずかに吉祥院を残すのみ。

閑静な境内には百日紅《さるすべり》の大樹を中心に、白梅、紅梅、数種類の桜などがあって、ウイーク・デイには、ほとんど人影がない。ぼくと猫だけ。

境内の桜並木、黄ばんだ葉を見あげながら、ひなびた茅《かや》ぶきの山門をくぐり、江ノ電を脚下に見て極楽寺坂の切通しへ。

極楽寺坂、鎌倉七切通しの一つ。この切通しも忍性のつくったものと伝えられているが、中世の鎌倉へ入る西側の要路で（東側は逗子にぬける名越《なごえ》の切通し）、『太平記』には元弘三年（一三三三年）上野《こうずけ》の新田義貞の軍勢が幕府に攻め入ったとき、この極楽寺坂で激戦があったと記されている。

極楽寺坂の右側に、名執権といわれた北条泰時が創建した成就院という古刹があって、その山門から海岸線、つまり、ぼくの視線から記述すると、いまや湘南ハイウェイに分断されてしまった稲村ヶ崎の小さな岬を起点として、由比ヶ浜が一望にひろがり、逗子との境界線である飯島で、遠浅の湾はおわる。そのおだやかな湾の中央に滑川《なめりがわ》の水が流れこみ、逗子よりの浜を材木座海岸と呼ぶ。六月初旬はとりわけ絶品で、成就院のアジサイと遠浅の海浜とが絶妙のコンビネーションをつくり、そのアジサイも色の種類の多いこと。アジサイは、北鎌倉の明月院が有名だが、明るい海とアジサイのモザイクを賞味するのだったら、成就院にかなうものはあるまい。

＊

さて、いまは秋。

切通しの岩肌は、冷たいしずくに濡れ、シダ類が頭を垂れている。秋の香のただよう冷気のなかを、ダラダラッと坂をくだると、左手に安産の仏さま、手づくりのヨダレかけをした六体のお地蔵さまが岩かげに並んでいて、やがて、鎌倉十井の一つ、星の井、別名、星月夜《ほしづくよ》の井がある。江戸時代までは、このあたりは木々におおわれ、昼なお暗かったので、地名を星月夜と言ったそうだが、そのまま井戸の名前になったという説もある。

この井戸をすぎたところから、「坂の下」という江戸時代からの漁村で、由比ヶ浜から一・四キロの沖合を流れる黒潮のおかげで、イセエビ、イシダイ、シラスなどがあがり、その海の幸が、この小さな漁村をうるおしているのだ。

この「坂の下」も、いまではすっかり近代化されてしまって、「バロン」というスナックまである始末。ぼくは「バロン」の細い道をぬけて、ドライブ・ウエイを横断すると、由比ヶ浜の西端に出る。

小さな漁船と網などが陽に干されているだけで、夏のあいだ、たぎりたっていた若者たちの裸体は、秋風とともに東京に去って行ってしまった。

ぼくは由比ヶ浜の磯づたいに、滑川の河口にむかって歩く。秋の空には鰯雲が、水平線上には大島がくっきりと姿をあらわし、秋がふかまるとともに、海の色も濃紺にかわる。大島が水平線から姿を消したとき、鎌倉に春がくるのである。

南には相模の海がひろがり、海を背にして、滑川の河口から鎌倉という中世の都市を眺めると、左手（西）には稲村ヶ崎、霊山《りょうぜん》ヶ崎が源氏山につづき、さらに北上して葛原ヶ岡にいたる。北には勝上《しょうじょう》ガ岳があって、東にのびて鷲峰《じゅぶせん》山、大平《おおひらやま》山、天台山などの山々になり、東南（つまり海から見て右手）には、衣張《きぬばり》山、浅間《せんげん》山、名越山、弁《べん》ガ谷《やつ》山が海の方にのびてきて、飯島ガ崎になる。ここが逗子と鎌倉の境界だ。

鎌倉の山は、山といっても小高い丘と言ってもいいくらいで、いちばん高い山が標高一四〇・八メートルの天台山である。その山々を、ヘリコプターから眺めたら、山の裏は、大規模な宅地造成で削りとられ、玩具箱をひっくりかえしたような小住宅が密集しているのが分るだろう。だから、鎌倉の山は、舞台の書き割りのようなものだ。

＊

滑川の河口から一ノ鳥居、そして二ノ鳥居から、頼朝が妻政子の安産を祈願してつくった段葛《だんかずら》がはじまり、そして三ノ鳥居から源平池を渡って六十二段の石段、その左手にそびえる大銀杏は、三代将軍実朝を暗殺するために、甥の公暁《くぎょう》が身をひそめていたというところから、「かくれ銀杏」と呼ばれている。この大銀杏を見るたびに、小学生のときの遠足を思い出す。あの記念撮影の行事は、テクノロジーの現代でも栄えていて、ぼくにほろ苦い郷愁をよびおこさせる。

まっさきに銭洗の弁天さまにお詣りしてしまったのだから、六十二段の石段をのぼって、武と詩の神さまである八幡さまに参詣しなければ片手落ちだろう。「康平六年（一〇六三年）、源頼義によって石清水八幡宮から由比郷に勧請されていた社が、頼朝によって現在のところへ移されたのは、治承四年（一一八〇年）のことである。それから十年後、これは焼失し、頼朝はさらにいっそう大規模な社殿を造営したが、その後、兵火によってそれも焼けてしまった。現在の本宮社殿は文政十一年（一八二八年）の建築である」と、ぼくの持っているブルー・ガイドブックス『鎌倉』にある。

朱と緑、それに黄金色で装飾されている本殿にぬかずくと、なんだか中国や韓国のレストランに入ったような気がしてくる。伊勢の神殿のような白木造りが、ぼくの好みにあう。だから日光の東照宮もあまり感心しない。そんなことを言ったって、詩の神さまなんだから、拝まなければバチがあたるだろう。拝んでいるうちに、遠足でやってきた小学生になったような気がしてくるから不思議である。

オミクジは小吉。

蓮池のそばのベンチで一服。

ぼくの推定では、徳川幕府によって再興されるまえの八幡宮は、もっと素朴で剛毅なものではなかったか、ということだ。

史上初の武家政権の精神的支柱となった建長寺、円覚寺、寿福寺などの禅宗の寺院の建築様式を想起すれば充分だ。そして、鎌倉時代にあって民衆の精神革命をとなえた日蓮宗の妙本寺の重厚な静寂さをかえりみればいい。そして、鎌倉時代は神社建築も仏寺建築の手法を積極的に取り入れだしたと言われているのだから、どう考えてもいいまの八幡宮は、徳川幕府末期の文化的センスであって、頼朝が大火のあとで再興した本殿とは、およそ趣きを異にしていたものと思わざるをえない。幻の若宮を頭に描きながら、ぼくの下駄は、材木座、鎌倉幕府以来の中世の港町に歩いて行く。

＊

明治中期創業の酒屋さんの黒びかりしている古い上り框《かまち》に腰をおろして、ビールを飲んでいると、筋むかいの床屋さんが目に入る。まさに床屋さん、カミドコヤさんで、いまどきの理髪店でもバーバー・ショップでもない。明治開化の匂いが濃厚にただよっている床屋さんである。

ぼくはホロ酔い機嫌になると、朝顔のツルが秋風にふかれながら、まだからまっている古風な戸をあけた。下駄をぬいで、スリッパ。六十四、五歳のご主人が、日本剃刀で、ぼくの不精ヒゲを剃ってくれる。

「お店はもう古いのですか」

と、ぼくが声をかけると、

「そうですねえ、わたしの曾祖父が、幕末まで、この場所で髪結床をやってましてね。ええ、チョンマゲですよ。明治になって、祖父は横浜へ西洋式の修業にでかけましてね、イギリスの船員さんたちの頭をモデルにして、バーバーの技術をマスターしてきたんです。この鏡だって明治中期に、祖父がイギリスの商人から買ったオランダ製でしてね」

　ご主人がバーバーと発音すると、中世と明治を結ぶ横須賀線の文明開化のリズムがひびいてくるようだ。ぼくの目は、しぜんと「バーバー」の高い天井に吸いつけられて行く。世紀末のデコラティブ。

「ずいぶんシャレてるんですねえ、お店の天井……」

「はい、大佛次郎、久米正雄といった文士さんがたが、まだ帝大生のころ、この店で舞踏会をしたものです。大正のおわりでしたかねえ。昭和十一年になると、松竹の撮影所が蒲田から大船の草競馬場のあとに引越してきた。で、この材木座には、俳優さんたちがずいぶん住むようになって、上山草人《そうじん》さんはじめ、早川雪洲、上原謙、佐分利信などですよ。それで、このあたりを歌舞伎町というあだ名で呼ばれたくらいで」

＊

ぼくは床屋さんを出ると、鎌倉の東端にある光明寺の方へ歩いて行った。東京から鎌倉に移ってきた当初、材木座の借家に住んでいたので、光明寺にはよく散歩に行った。浄土宗関東総本山。北条経時が建立した寺で、後花園帝の宸筆《しんぴつ》になる天照山の額をかかげた山門の格調の高い美しさ、そのシンメトリックな様式とディテールに、ぼくの心は魅了される。その山門をくぐると、壮大な伽藍があり、夏には千年の蓮の花がひらくのだ。

光明寺というと、ちょうど十年まえの大晦日の夜のことがありありと浮んでくる。日記を見ると、昭和四十五年（一九七〇年）の除夜の鐘は、光明寺に行って聞いている。鐘楼には老若男女が列をなしていて、午前零時を待ちかまえているのだ。この夜は、一人に一つずつ鐘をつかせてくれる。

鐘が鳴りだしてから、ぼくは材木座の海岸に出る。見事な引き潮、和賀江《わかえ》島、貞永元年（一二三二年）に、観進上人往阿弥陀仏が、名執権と言われた北条泰時に申請して、海難防止の大堤防を築いた。丸石を集積して、長さ二〇〇メートル、幅五〇メートルの半島形の堤防で、現在でも、その遺跡がある。満潮のときは、完全に海面下に姿を没してしまうが、引き潮のときは、頭を出す、その和賀江島が、その夜は全容をすっかり現して、そのさきまで歩いて行けそうな感じ。

沖は、はるか彼方に遠ざかり、白い波頭が、左から右へと、まるでライン・ダンスのように、夜の闇のなかを走っては消え、やがてまた、生れたばかりの白い波頭が、左手から順ぐりに右手に走る。その距離、ほぼ一〇〇〇メートル。あの夜の引き潮と、闇をつらぬく白い波頭は、生涯、忘れられないだろう。

＊

秋の日は暮れた。

ぼくはバスに乗って鎌倉駅まで。時計塔のある文明開化の駅も、近く大改築されるそうだ。いくらなんでもパルコ風にはなるまい。

鎌倉は不思議な町だ。

中世から一気に明治の文明開化に結びつき、近世がみごとに欠落している。徳川時代は幕府の天領になり、寺院だけが保護されていたにすぎない。

小町通りもヤング風の店がふえたが、一歩露路裏に入ると、戦前の東京の下町をおもわせる飲み屋と現代的なオカマ・バーが共存している。ぼくの行きつけの飲み屋は、平均年齢六十歳という養老院的居酒屋で、老男老女が、一堂に会して、古き良き時代の映画主題歌を合唱するのである。たとえば、『会議は踊る』『巴里の屋根の下』『三文オペラ』『自由を我等に』など。

客種も雑多で、生糸屋、株屋、水道屋、コンサルタント、教師、坊さん、市会議員、お医者さん、たまに新聞記者がいるかと思うと、新聞は新聞でもスポーツ新聞だったりして、とにかく「文化人」がいないだけ気持がいい。ときたま、往年の少女歌劇のスターもお出ましになって、シワガレた声で『スミレの花咲くころ』をお歌いになると、老人たちはたちまち青年にかえって行くのである。

そして、谷あいの民家の旧住民の中世紀的な夢と、新住民の住宅ローンの夢とが織りなすところに鎌倉の夜がある。

白昼、人影のない谷戸を歩いていると、ふと中世の死者たちの声を聞くような気がする。血で血を洗った鎌倉幕府の成立から滅亡まで、おびただしい死者の沈黙の上にきずかれた文明開化の町。

飛鳥《あすか》散歩

白洲正子

しらす・まさこ
1910年東京生まれ。随筆家。幼い頃より能を学び、14歳で女性として初めて能舞台に立つ。アメリカに留学し、帰国後白洲次郎と結婚。古典文学、骨董などについて随筆を執筆、『かくれ里』『日本のたくみ』『西行』など著書多数。1998年死去。

私がしきりに飛鳥へ通ったのは、戦前のことである。誰にすすめられたのでもなく、本で読んだわけでもない、ただ漠然と飛鳥がなつかしく、ひまさえあればさまよった。今憶い出してみても不思議な気持ちだが、それは私だけのことではなく、あらゆる日本人に、多かれ少なかれ共通な感情であろう。飛鳥は日本のふるさとといわれるが、もしかすると、求めていたのは、自分自身の魂だったかも知れない。

当時は便利な案内書もなく、車も自由でなかった。岡寺の駅で電車を降り、田圃《たんぼ》の中を歩いて行くと、深い緑にかこまれた古墳の群れが現れる。飛鳥へ入る道はいくつもあるが、真直ぐ行くと岡寺へつき当たるこの道が、私は一番好きだった。時には古墳群の中へ迷いこんだ。南に近く、天武・持統の檜前大内陵《ひのくまおおうちのみささぎ》がそびえ、その裾を回って行くと、上の丘に「鬼の爼《まないた》」、下の畑に「鬼の雪隠《せっちん》（厠《かわや》）」という大きな石がころがっている。これは古墳の石槨《せっかく》が何かの拍子に分かれ、蓋《ふた》の部分が下に落ちたと聞くが、そういう名前やいわれを知ったのも、のちのことである。村の人の話によると、昔その辺は非常に寂しい場所で、鬼が出たという伝説があり、それが古墳の石と結びついたのであろう。爼とか雪隠という生活用品を想像したところに、昔の人々のユーモアが感じられる。

万事そういった調子の、手さぐりの散歩であった。田圃の向こうに御陵が見えるので、耕しているお爺さんに聞いてみると、あれは欽明《きんめい》さんの御陵で、隣にお姫さんのお墓もあるが、行ってはいけませんよ、行くと必ず祟《たた》りがあって、病気になるという。怖いもの見たさに立ち寄ってみると、清らかな円墳で、別に何ということもない。が、中へ入ったとたん、私ははっとした。深く積もった落ち葉の蔭から、異様な石人が睨みつけていたのである。

これは「猿石《さるいし》」といって、今では飛鳥名物の一つになっているが、当時は知る人も少なく、突然そんなものに出くわすこともあったのだ。お墓は欽明天皇の孫の吉《き》備姫王《びのひめのおおきみ》のもので、村人たちに恐れられたのは、そこが禁足の地で、みだりに入ることを戒《いまし》めたのであろう。有名になるとともに、そういう伝承が失われて行くのは惜しい。最近聞いた話では、柵を作って、立ち入り禁止になったというが、同じことなら祟りがあるかも知れないと、後々までも気になる方が人間味がある。

この辺一帯を檜前というが、古くは帰化人が住んでいたとかで、のびのびした田畑の風景といい、そこに働く人々といい、今でも大陸めいた雰囲気が感じられる。ここから西の真弓丘《まゆみがおか》と、越智《おち》丘へかけて、御陵や古墳が沢山見られるのも、彼らの技術にたよることが多かったためだろう。檜前の南のはずれには、帰化人の祖、阿《あ》知使主《ちのおみ》を祭った於美阿志《おみあし》神社があり、藤原初期の十三重の石塔が建っている。そのうち三層は失われているが、人気《ひとけ》のない森の中に堂々として建つ姿は、昔ここにあったと伝えられる檜前寺の壮観を偲ばせる。近年その下から、ガラスの舎利《しゃり》壺と、ガラスの玉が沢山発見された。塔は今解体修理中で、二、三年後には完成するという話だが、神社と並んでお寺があった頃は、一つの信仰の中心をなしていたに違いない。そういうことを物語る礎石も遺っている。
法隆寺にある百済《くだら》観音は、飛鳥から移されたと聞くが、私はここの本尊だったような気がしてならない。日本で造られたか、百済から将来されたか、はっきりわかっていないらしいが、檜前に住んだ帰化人たちが望郷の想いにかられて、あのような美しい仏を創造したと考えても、そう間違ってはいないであろう。

檜前から元来た道を戻ってもいいし、田圃伝いに文武《もんむ》天皇陵のわきを通り、橘《たちばな》寺《でら》へ出てもいい。地図にはのってないような古道もあって、推古天皇や聖徳太子も、同じ土を踏まれたかと想うと、万感胸にせまる心地がする。飛鳥は特別田圃がきれいな所で、春はれんげ、秋はこがねの波がつづいているが、「みずほの国」という言葉が、実感をもってよみがえるのはそういうときである。特に夏の夕暮れ、葛城《かつらぎ》山《さん》に日がかたむき、青田の上を涼風がわたる頃、長い影をひいて暮れて行く飛鳥の里は美しい。落日を礼拝する信仰、西方浄土への憧憬《どうけい》も、こういう景色の中から生まれ、人の心に深く刻まれて行ったのであろう。しきりにそんなことが想われる寂《じゃっ》光《こう》のひとときである。

再び広い道に出ると、橘寺の手前の畑の中に、これも近頃有名になった「亀石」が、大きな背中を見せてうずくまっている。自然の石を甲羅《こうら》にみたて、下の方に目鼻だけつけたこの造型は、不気味に見えるほど力強い。それが飛鳥のほぼ中心に居坐っているのは、何か象徴的な感じさえする。猿石と同じように、これも一種のお呪《まじな》いか、境界を示すしるしであったらしいが、橘寺にも「二面石」という不思議な石の彫刻があり、飛鳥の石にはわからないことが多いのである。その他、酒船《さかふね》石、弥勒《みろく》石、益田池《ますだのいけ》の石舟《いわ》など、何れも謎に包まれているが、それだけにかえって私たちの興味をそそる。

橘寺は、聖徳太子生誕の地で、欽明《きんめい》天皇の離宮の跡に建てられたという。太子の誕生にふさわしく、景色のいい所で、仏頭山《ぶっとうさん》という山を背景に、川原寺《かわらでら》と向き合い、その先に遠く香具山《かぐやま》が望める。香具山は、北側より、飛鳥から見た方が美しく、左手には耳成《みみなし》も見え、畝傍《うねび》だけが西の方に、一つ離れてそびえ立つ風景は、「香具山は畝傍を愛《を》しと耳成と相争《あひ》ひき」という物語の、三山の関係をよく表している。天智天皇は、みずからを香具山にたとえられたのであろうか。

橘寺の東で、飛鳥川を渡ると、岡の集落に入る。左の田圃のあたりが、「板蓋《いたぶきの》宮《みや》」跡で、ここ数年にわたって発掘が行なわれ、井戸や石畳が発見された。これは斉明《さいめい》天皇の宮があった所で、『日本書紀』によると、天皇はここに遷《うつ》って間もなく、小墾田《おはりだ》に「大宮」を計画し、瓦葺きの宮殿を造られたという。板葺きも、瓦葺きも、当時は珍しかったのである。が、反対する人々が多かったのか、工事はなかなか進まず、建築の用材が山の中で朽《く》ちるという始末であった。

その年の冬には、板蓋宮も焼け、小墾田宮も中止になって、天皇はすぐ眼の前の川原宮《かわらのみや》へ遷られる。飛鳥の中で、斉明天皇だけでも、何度も遷都されるのだが、まして、飛鳥時代百年の間に、造られた宮殿や離宮は厖大な数にのぼるであろう。その上、大きな寺院が何十となくひしめき合っていた。飛鳥と呼ばれる地域が、どのくらいの面積か、はっきりしたことは知らないけれども、少し高い所へ登れば一目で見渡せるし、私なぞが足で歩ける程せまい土地なのである。その中に甍を並べてきそい建つ伽藍や宮殿は、想像を絶する壮観であったろう。まさにそこのところに発掘の困難はあるらしい。こんなせまい空間に、記録に残るだけの建築が、全部おしこまれたはずはない、焼けたり、捨てられたりした後に、新しく上へ上へと積み重なって行ったのであろう。たとえば、推古の小治田《おはりだ》には、斉明の小墾田が重なっているだろうし、板蓋宮と川原寺の間には、錯綜した部分も多いに違いない。そういう意味では、飛鳥は立体的な古都なのだ。地下には私たちが見るのと別な飛鳥がかくれている。そういう観点から、発掘は進められているようだが、長くかかるのは当たり前なことで、これから先、何代にもわたる大事業となるだろう。素人《しろうと》の私には委《くわ》しいことはわからないが、真っ黒になって、泥にまみれて働いている考古学者たちを見るたびに、頭が下がる想いがする。

板蓋宮を見下ろす位置に、岡寺が建っている。草壁皇子《くさかべのみこ》（天武天皇の皇子、日《ひ》並知皇子尊《なみしのみこのみこと》）の宮跡で、御殿《ごてん》の名に因《ちな》んで、のちに皇子は岡宮御宇天皇《おかのみやにあめのしたしろしめししすめらみこと》と追号された。つつじのきれいな所で、寺というより宮の面影を今でも残している。私はこの寺へ登って行く参道が好きだった。ゆるやかなカーブに沿って、茅葺《かやぶ》きの家並みがつづき、スペインか、イタリーあたりの村に似ていた。今はそういう情趣はない。

どこがどう変わったか知らないが、しっとりした落ち着きがなくなった。これは飛鳥全体についてもいえるが、文句をいってもはじまるまい。早く国が買うなり、保存するなりして、歴史公園のようにしてほしいと思うが、そうしたところで巧く行くかどうかわからない。それより一般の人々が、飛鳥を愛し、大切にすることが先決問題であろう。役人や学者だけに任《まか》せておくのは無責任だ。そう思って、知識に乏しい私が、こんな文章も書いてみるのである。

岡寺の本尊は、四・五メートルもある如意輪観音で、お堂の中は、暗い上にせまくてよく拝めないが、藤原初期のみごとな彫刻である。その体内から、先年、小さな如意輪の半跏《はんか》像が出た。奈良の博物館にあるので、御存じの方も多いと思うが、孝謙《こうけん》天皇の持仏であったと伝えられ、女帝にふさわしい夢みるような仏である。

本堂の前には、小さな池があって、『寺伝』によると、この寺の創立者義淵僧正《ぎえんそうじよう》が、岡の村に災いをした龍を、その中に封じこめたという伝説がある。よってこの寺を「龍蓋寺《りゆうがいじ》」と名づけたとあり、それが正しい名称だが、私たちにはやはり「岡寺」の方がなつかしい。寺を下った所で、道は二つに分かれ、先へ真直ぐ行くと、飛鳥坐《あすかにいます》神社につき当たる。その周辺が、飛鳥発祥の地であるが、南へ折れると山に入り、飛鳥川の上流に達する。いわゆる飛鳥文化は、この川の流域に発達したので、その源ともいうべき飛鳥の川上は、ぜひ一度は訪ねてみたい所である。

さすがにここだけは、私も歩いては行かなかった。道はせまいが、どうにか車は通れる。岡寺の先から、登り坂になって、深い山に入り、急に山気がせまって来る。「昨日の淵は今日の瀬となる」と、人生の無常にたとえられた飛鳥川は、昔はもっと大きかったに相違ないが、上流の方はそう変わってはいないと思う。祝戸《いわいど》という所で、多武峰《とうのみね》から流れ出る細川といっしょになり、滝つ瀬となって落ちて行くが、祝戸の名が示すように、二つの川が寄り合う地点で、昔はみそぎが行なわれたのであろう。

御食向《みけむこ》ふ南淵山《みなぶちやま》の巌には
降れるはだれか消え残りたる　（『万葉集』）

人麻呂の歌で知られた南淵も遠くはない。今は稲淵と呼ばれるが、道傍《みちばた》の小高い所に南淵請安《みなぶちのしょうあん》の墓があり、請安は、中大兄皇子《なかのおおえのおうじ》や中臣鎌足《なかとみのかまたり》を薫育《くんいく》した、当代一の学者であった。若い皇子は、蘇我《そが》氏の討伐や、律令国家の懸案など、どれほど多くの想いを秘めてこの道を往復されたことか。入鹿《いるか》殺害の密議も、この山中で行なわれたに違いない。暗くきびしい山の気配は、危機をはらんだ当時の状勢を彷佛《ほうふつ》とさせるが、飛鳥の川上は、そういう意味でも日本文化の水源といえるのである。

このあたりには、古い民間信仰も遺っている。一月十五日にはカンジョウ（勧請であろう）といって、川の向こうから此方《こちら》側へかけて縄をはり、その真ん中に、藁で作った男性の象徴をつるし、地鎮祭を行なう。少し奥の栢森《かやのもり》でも、こちらの方は女性を表したもので、同じような祭事をするが、古い信仰にはそういった種類のものが多いのである。いうまでもなく、生殖の秘密をまねぶことによって、治水と豊穣を祈ったのであるが、川の淵には大きな岩があって、そこへ神様が川を渡って降臨するというのは面白い。変遷常なき水の神が、おおむね女神であるのは想像にかたくないが、稲淵にはウスタキヒメ、栢森にはカヤナルミの社《やしろ》があり、両方とも滝のひびきを想わせる名前である。その社が、川が合流する地点に建っているのも、そういう所は水が出やすいのと、女体を連想させる地形であるからだろう。『斉明《さいめい》記《き》』には、天皇が何度も行幸《ぎょうこう》されたと伝えているが、女帝にはことさら霊験あらたかな聖地だったかも知れない。

栢森から峠を越すと、向こうはすぐ吉野である。実際にも、このあたりの景色は、飛鳥より吉野に近く、樵夫《きこり》を業とする生活も、吉野に似ている。持統天皇が度々吉野へ行幸されたのは、この道を通ったと想われるが、飛鳥の川上からさらに奥深く、みそぎの地を求めての旅だったのではあるまいか。度重なる行幸が、単に遊楽のためとは考えられない。

山を下りて、再び祝戸へ出ると、眼の前にひらけた飛鳥の京が、いっそう明るく、美しく感じられる。多武峰からなだれ落ちる稜線が、ゆるやかになった丘の起伏の上に、馬子《うまこ》の墓と伝える「石舞台」が望める。この辺も昔とは変わった。宅地造成のためだけではなく、堀をほって古い状態に復元したからで、当初の姿に還《かえ》したいという意図はよくわかるが、そのために荒々しい土が出たりして、索漠《さくばく》とした風景になった。柵ができて、入場料も取るようになった。それが悪いというのではないが、昔は一面の草原で、今下りて来た南淵の山を背景に、段々畑が望めるという、牧歌的な景色であった。時には学校帰りの子供たちが、石舞台の上で遊んでいたりした。そういう憩いの場であったのが、今は観光というより、考古学の資料か標本みたいに見える。

思うに考古学では復元が可能だが（少なくともそう信じられているが）、歴史は二度と繰り返さない。そういう真実をこの景色は語っている。石舞台にかぎっていえば、千何百年の間に、墓の盛り土がくずれ、少しずつ堀が埋まって行き、その上にいつとはなしに草が生え、木が繁った。それが歴史の姿というものだ。たしかに生まれた当時とは違うだろう。が、違うからといって、復元しても決して元に戻りはしない。いや、完全に復元したら、どういうことになるか。飛鳥は赤土と葺き石の山だらけと化すだろう。

歴史と考古学が食い違うのは、そこのところで、だからといって私は考古学が間違っているというのではない。歴史家の中にも、事実のみ求めて、歴史を忘れる人々は多いのである。金の卵を生む鶏《にわとり》を、殺してしまう昔噺《ばなし》は、いつの世にも絶えない。ほんとうの学者とは、鶏を育てる人であり、木を植える人だと私は思う。

少し横道へそれた。が、それも散歩の一つの愉しみだから許して頂きたい。また元の道へ戻って、岡寺の前をすぎて行くと、右手に「酒船石」、左に飛鳥寺が見えて来る。推古四年（五九六年）、蘇我馬子が建てた寺で、聖徳太子が止利《とり》仏師に命じて造らせた、日本最古の仏像がある。「飛鳥大仏」と呼ばれているが、破損がひどくて、昔の面影はない。が、度々の火災と風雪に耐えたお顔は美しく、何か神秘的な感じさえする。中大兄皇子と鎌足が出会った、歴史的場面も見て来たであろうし、蘇我氏の興隆と没落も、眼《ま》のあたり経験したに違いない。もはや何も驚くことはない、少し長生きしすぎた、そういう表情である。

お堂の前には、入鹿の首塚と伝える五輪塔があり、先年その下から古い礎石が発見されたという。飛鳥には今でも蘇我の名をもつ人たちがいるが、祖先の哀れな最《さい》期《ご》を悼んで、供養の塔を建て、くずれてはまた建て直したのであろう。飛鳥はそういう所である。ささやかな石塔の下にも、汲みつくせない歴史が秘められている。

道をつき当たった右手に、先に書いた飛鳥坐神社が建っている。淳和《じゅんな》天皇の時代に、飛鳥の神南備《かむなび》から遷されたといい、ウスタキヒメやカヤナルミとともに、飛鳥川の鎮めの神であった。折口信夫《しのぶ》氏は、この神社の社家の出で（正確には、祖父が飛鳥氏に生まれた）、現在の宮司は、八十六代目に当たるというが、そういう古い家柄の人々には、何か特別な血が流れているのかも知れない。

はすすきに　夕ぐもひくき　明日香《あすか》のや
　わがふるさとは　灯《ひ》をともしけり

これは、沼空《ちょうくう》折口信夫の詠《えい》で、三十一字の中に、しんしんと、飛鳥の夕べを感じさせる。ゆきたむ丘の上に立って、この歌を口ずさむとき、古人の魂は還って来るに違いない。折口さんほど飛鳥を愛し、骨肉化して現代に活かした人はないと思う。この辺から西へかけて丘陵がつづくが、豊浦《とゆら》、雷《いかづち》のあたりを、「逝《ゆ》き回《た》む丘」といったらしい。地名ではなく、飛鳥川に沿って、ゆるやかにつづく丘陵を、そういう名前で呼んだのである。その中心に、「甘橿丘《あまかしの》」があった。ここは探湯《くかたち》といって、熱湯に手を入れて正邪を裁く占いをした所で、もっとも神聖な山とされていた。

大君《おおきみ》は神にしませば天雲《あまくも》の
　いかづちの上に廬《いほ》らせるかも　人麻呂

王《おほきみ》は神にしませば雲隠る

いかづち山に宮敷きいます　同

『万葉集』に、しきりに詠《よ》まれた雷《いかづちの》丘も、その対岸に見える。そびえている、といいたいところだが、小さいので、うっかりすると見すごしてしまう。「衣乾したり天《あま》の香具山」も、この雷丘も、歌の姿から想像すると、富士山ぐらい高い感じだが、それには信仰の力も手伝っていたに相違ない。彼等の誇張を笑うより、こんな低い山から、あんな高い調子の歌を創造したことを、私たちは讃嘆すべきであろう。それはどこかで亀石や猿石ともつながっている、古代人の生活力の表れのようにも見える。

天武天皇の浄御《きよみ》原宮《はらのみや》も、雷丘の麓《ふもと》にあった。『万葉集』で見ると、この辺は萩の名所で、紅葉《もみじ》もきれいな所だったらしい。天皇が崩御になったとき、后《きさき》の持統天皇が詠んだ歌が遺っている。

神丘の山の黄葉を　今日もかも
問ひ給はまし　明日もかも　見し給はし……

その美しい「神丘」のあたりを、飛鳥の神南備といったのだが、かむなびは、神のなびく所、神の依《よ》る場所の意で、飛鳥の中の飛鳥ともいうべき聖地であった。飛鳥坐神社は、ここから今の所へ遷座《せんざ》し、さらに、ウスタキヒメ、カヤナルミと溯って行ったのである。川下から川上へ、それが古代の信仰のきまって描く文様であった。

その北側を、八木から桜井へぬける街道が通っているが、西北のはずれに「剣《つるぎ》の池」があり、水をへだてて孝元《こうげん》天皇の御陵が望める。飛鳥の中でも、私がもっとも好きな場所で、よくお弁当持ちで出かけたものである。枕詞《まくらことば》として「御佩刀《みはかし》を剣の池」といわれたように、ここには剣が沈んでいるという伝説があり、千古の緑をたたえた水の面《おも》に、畝傍が影を落とし、水鳥が啼《な》いていたことを憶い出す。ところが、五、六年前に行ってみると、ゴルフの練習場ができていた。最近はそれもなくなって、沢山団地が建ったという。飛鳥は西北の方から、次第に浸蝕されているのだ。こうして書いている間も、崩壊する音が聞こえて来るような気がする。だが、私は飛鳥の挽歌が謳《うた》いたいのではない。飛鳥の夕映えには、明日の日和《ひより》を約束するものがある。飛鳥の石には、底知れぬエネルギーがひそんでいる。そういうものをつかみたい、つかんで頂きたいと想ってこれを書いた。日本人のふるさとを、生かすも殺すも私たち次第なのである。

遅々として、遠くまで

森田真生

もりた・まさお
1985年東京生まれ。独立研究者。京都を拠点に研究を続けるかたわら、「数学の演奏会」「大人のための数学講座」などのライブ活動を行う。『数学する身体』で小林秀雄賞を最年少受賞、『計算する生命』で河合隼雄学芸賞受賞。

妻が長男を幼稚園に送っているあいだ、一歳の次男と哲学の道を歩いた。まだ歩けること自体が嬉しくて仕方ない彼は、何気ない小石を拾っては目を丸くしている。拾った石を小さな手につかんで、疏水のなかにそっと落とす。「ぽたん」という気持ちのいい音が、朝の静寂に響く。

彼はまた次の石を拾う。

それを、流れる水のなかへ投げ込む。

「ぴとん」という小さな音がする。

嬉しそうに、また次の石を探しはじめる。


ぽたん。ぴとん。ぴちゃん。ぽちょん。

と、僕はこの日の日記に書きとめる。


ある日、四歳の長男がどうしても幼稚園に行かないというので、二人で哲学の道を歩いた。

彼はシャリンバイの青い実をいくつか摘んで、それを石のベンチに並べはじめた。

このとき、「足す」という言葉を、僕は彼に教えた。これが、意外なほどすぐに染み込んでいった。

「2＋3は?」「……5!」などと言い合いながら僕らは、家に向かって歩いた。

青空。石のベンチ。シャリンバイの実。２＋３。足し算記念日！
と、僕はこの日の日記に書いた。

言葉でまとめてしまえば、「川に石をいくつか投げた」というだけの平凡な出来事が、子どもたちと一緒にいると、「ぽたん」や「ぴとん」との驚きにみちた一期一会になる。秋の実を並べる何気ない行為が、足し算との劇的な遭遇になる。

僕は子どもたちのおかげで、世界と新たに出会いなおしている。
自分がたどり着きたいと思ったこともなかった場所に、導いてもらっているのだ。

やんちゃな二人の息子がいるわが家は、いつもてんやわんやである。
計画が思い通りに進むことなどない。
三歩進んだと思ったら、四歩下がる。
そんな毎日である。

だが、思うようにいかないことは、悪いことばかりではない。

思い通りにいかないからこそ、思わぬ方向に道が開ける。


　速く進みたければ一人で歩め。

　遠くまで行きたければ、みんなで歩め。


これは、アフリカのことわざだという。


三歩進んだと思ったら、四歩下がる。

その七歩の歩みを、僕は書き残すようにしている。

速く進めないことにもどかしさを感じながらも、何が「進む」なのかを決めつけている自分の思い込みを、解きほぐしてくれているのが子どもたちなのだと気づく。

進むだけでなく歩む喜びを、僕は家族に教えられている。

彼らとなら、遅々としてでも、遠くまで行けるような気がしている。

散歩

長田弘

おさだ・ひろし
1939年福島生まれ。詩人。『私の二十世紀書店』で毎日出版文化賞、『世界はうつくしいと』で三好達治賞受賞。その他おもな著作に『深呼吸の必要』『記憶のつくり方』『奇跡―ミラクル―』など。2015年死去。

ただ歩く。手に何ももたない。急がない。気に入った曲り角がきたら、すっと曲がる。曲り角を曲ると、道のさきの風景がくるりと変わる。くねくねとつづいてゆく細い道もあれば、おもいがけない下り坂で膝がわらいだすこともある。広い道にでると、空が遠くからゆっくりとこちらにひろがってくる。どの道も、一つ一つの道が、それぞれにちがう。

街にかくされた、みえないあみだ籤の折り目をするするとひろげてゆくように、曲り角をいくつも曲がって、どこかへゆくためにでなく、歩くことをたのしむために街を歩く。とても簡単なことだ。とても簡単なようなのだが、そうだろうか。どこかへ何かをしにゆくことはできても、歩くことをたのしむために歩くこと。それがなかなかにできない。この世でいちばん難しいのは、いちばん簡単なこと。

収録作品一覧

「あいさつ　へびいちのすけ」工藤直子／『工藤直子全詩集』（理論社）
「なわて」角野栄子／『「作家」と「魔女」の集まっちゃった思い出』（角川文庫）
「ここに出るのか」宮沢章夫／『考えない人』（新潮文庫）
「トカゲの散歩」村岡花子／『曲り角のその先に　村岡花子エッセイ集』（河出書房新社）
「生きたくなるセット」小原晩／『これが生活なのかしらん』（大和書房）
「箱河豚を弔う」堀本裕樹／『海辺の俳人』（幻冬舎）
「朝の散歩」石井桃子／『石井桃子コレクションV　エッセイ集』（岩波現代文庫）
「見てしまう」角田光代／『晴れの日散歩』（新潮社）
「日曜日らしい日曜日」阿川佐和子／『グダグダの種』（だいわ文庫）
「秋をけりけり」村上春樹／『村上ラヂオ3　サラダ好きのライオン』（新潮文庫）
「ため息の出る散歩」小川洋子／『犬のしっぽを撫でながら』（集英社文庫）
「ひとり対話」（「はじめに」改題）池内紀／『東京ひとり散歩』（中公新書）
「おばあさんのせんべい」若菜晃子／『旅の断片』（アノニマ・スタジオ）
「散歩で勝った喜び」蛭子能収／『ベスト・エッセイ2017』（光村図書出版）
「人形町に江戸の名残を訪ねて」向田邦子／『向田邦子全集〈新版〉10』（文藝春秋）
「浅草と私との間には……」小沢昭一／『ぼくの浅草案内』（ちくま文庫）

「日和下駄」(「第一　日和下駄」改題)永井荷風／『日和下駄』(講談社文芸文庫)
「散歩みち」筒井康隆／『筒井康隆全集12』(新潮社)
「あの彼らの声を」堀江敏幸／『曇天記』(都市出版)
「散歩」谷川俊太郎／『愛について／愛のパンセ』(小学館文庫)
「フィレンツェ──急がないで、歩く、街。」須賀敦子／『須賀敦子全集　第2巻』(河出書房新社)
「わが散歩・水仙」庄野潤三／『野菜讃歌』(講談社文芸文庫)
「私の散歩道」岡本かの子／『岡本かの子全集11』(ちくま文庫)
「ベンチの足」佐藤雅彦／『考えの整頓　ベンチの足』(暮しの手帖社)
「漁師町にて」立原正秋／『秘すれば花』(新潮文庫)
「寒月の下での躓き」串田孫一／『串田孫一　緑の色鉛筆』(平凡社)
「木のぼり」谷口ジロー／谷口ジローコレクション版『歩くひと』(ふらり)
「野草の音色」志村ふくみ／『色を奏でる』(ちくま文庫)
「新宿にさ、森があるの知ってる?」燃え殻／『すべて忘れてしまうから』(新潮文庫)
「散歩生活」中原中也／『新編　中原中也全集 第四巻』(角川書店)
「東京散歩」井伏鱒二／『還暦の鯉』(講談社文芸文庫)
「散歩の難しさ」黒井千次／『散歩の一歩』(講談社)
「海底の散歩」中谷宇吉郎／『中谷宇吉郎集　第六巻』(岩波書店)
「散歩」池波正太郎／『チキンライスと旅の空』(中公文庫)

「散歩とは何か」小川国夫／『昼行燈ノート』（文藝春秋）
「歩き歩き、物思う……」遠藤周作／『フランスの街の夜　遠藤周作初期エッセイ』（河出書房新社）
「奥嵯峨の秋」湯川秀樹／『自己発見』（講談社文庫）
「鎌倉――ぼくの散歩道」田村隆一／『ぼくの鎌倉散歩』（港の人）
「飛鳥散歩」白洲正子／『白洲正子全集 第四巻』（新潮社）
「遅々として、遠くまで」森田真生／『偶然の散歩』（ミシマ社）
「散歩」長田弘／『深呼吸の必要』（晶文社）

本書中には、今日の観点から見ると差別的と受け取られかねない語句・表現がありますが、作品が書かれた当時の時代的・社会的背景に鑑み、原文どおりとしました。

著者

阿川佐和子／池内紀／池波正太郎／石井桃子／井伏鱒二／蛭子能収／遠藤周作／岡本かの子／小川国夫／小川洋子／長田弘／小沢昭一／小原晩／角田光代／角野栄子／串田孫一／工藤直子／黒井千次／佐藤雅彦／志村ふくみ／庄野潤三／白洲正子／須賀敦子／立原正秋／谷川俊太郎／谷口ジロー／田村隆一／筒井康隆／永井荷風／中原中也／中谷宇吉郎／堀江敏幸／堀本裕樹／宮沢章夫／向田邦子／村岡花子／村上春樹／燃え殻／森田真生／湯川秀樹／若菜晃子（50音順）

本作品は当文庫のためのオリジナルのアンソロジーです。

だいわ文庫

おでかけアンソロジー　おさんぽ
私《わたし》だけの道《みち》、見《み》つけた。

著者　阿《あ》川《がわ》佐《さ》和《わ》子《こ》　他《ほか》

二〇二五年四月一五日第一刷発行
©2025 daiwashobo Printed in Japan
発行者　佐藤　靖
発行所　大和《だいわ》書房
東京都文京区関口一―三三―四　〒一一二―〇〇一四
電話　〇三―三二〇三―四五一一

フォーマットデザイン　鈴木成一デザイン室
本文デザイン　藤田知子
校正　円水社
本文印刷　信毎書籍印刷　カバー印刷　山一印刷
製本　ナショナル製本

ISBN978-4-479-32124-8
乱丁本・落丁本はお取り替えいたします。
https://www.daiwashobo.co.jp